커서 마스터
Cursor Master

커서 마스터 2
Cursor Master

초판 1쇄 인쇄일 2017년 5월 24일 ㅣ **초판 1쇄 발행일** 2017년 5월 29일

지은이 장성필 ㅣ **펴낸이** 곽동현 ㅣ **담당편집 팀장** 이범수
편집부 신연제 이윤아 홍현주 김유진 임소담 정요한

펴낸곳 (주)조은세상 ㅣ 출판등록 제2002-23호
주소 경기도 연천군 미산면 청정로 1355
TEL 편집부 02)587-2966 ㅣ FAX 02)587-2922
e-mail bukdu@comics21c.co.kr

장성필 ⓒ 2017
ISBN 979-11-6171-010-5 ㅣ ISBN 979-11-6171-008-2(set) ㅣ 값 8,000원

장성필 현대판타지 장편소설

NEO MODERN FANTASY STORY

2

커서 마스터
Cursor Master

북두
(주)좋은세상

CONTENTS

커서 마스터
Cursor Master

커서 마스터

Cursor Master

1. 몬스터 웨이브를 막아라(2)

커서 마스터
Cursor Master

1. 몬스터 웨이브를 막아라(2)

동시에 그 충격으로 인해 아랫부분이 뜯겨 나간 식인 두더지의 몸이 바깥으로 튕겨져 나왔다.

이미 식인 두더지는 죽어 버린 상태였다.

그런데 아직 함정의 영역 안이라 식인두더지의 사체가 다시 딸려 들어가려했다.

서둘러 커서를 움직여 하체가 뜯겨져 나간 식인 두더지의 상체를 바깥으로 끌어냈다.

레벨이 많이 오른 탓에 커서의 드래그 힘도 굉장히 강해져 그 정도는 가능했다.

하지만 그 때문인지 구덩이 안에서 커다란 포효 소리가 들리고는 뭔가 구덩이 중앙에서 삐죽 솟아 나왔다.

지옥귀의 머리 쪽에 달려 있는 집게발이었다.

'나왔다.'

하지만 아직 유정상의 커서로 놈을 끌어내는 건 무리다.

일단 놈을 확인했다.

[이름: 지옥귀]

[레벨: 10]

[공격력: 250]

[방어력: 290]

[생명력: 1730/1800]

[힘: 75]

[민첩: 25]

[체력: 150]

[지능: 8]

'레벨이 10이라고?'

처음으로 두 자리 수의 레벨이 등장했다.

지옥귀가 강한 몬스터라는 건 알고 있었지만, 10이라는 레벨을 확인하고 보니 또 다른 느낌이다.

결국 이제까지 상대하던 녀석들과는 급이 아예 다른 녀석이라는 것이다.

그러나 두렵다는 느낌은 없다. 오히려 반드시 잡고 싶다는 욕망만이 생길뿐 이었다.

그런 생각을 하는 사이 지옥귀가 먹이를 찾기 위해 몸을 더 드러냈다. 그리고 곧 식인 두더지를 확인하고는 끌고 들어가려는지 집게발을 뻗었다.

그 때 유정상이 다시 모래 폭탄을 놈의 집게발 쪽에서 폭파시켰다.

콰아앙!

"끼아아아아!"

모래 폭탄의 폭발에 휩쓸렸지만, 소리만 지를 뿐 별다른 충격을 받은 것 같아 보이진 않았다.

그것을 증명이라도 하려는 듯 곧바로 몸을 유정상이 있는 방향으로 틀었다.

검은 색의 거대한 몸체와 십여 개의 붉은 눈이 유정상을 노려보았다.

레벨의 차이 때문일까 제법 강한 압박감이 전해져 왔다.

유정상이 빠르게 주먹을 내질렀다.

팟.

퍼엉!

놈의 오른쪽 앞다리에 커다란 주먹의 영상이 박히며 폭음을 울린다.

"끼악!"

하지만 놈의 성질만 돋우었을 뿐 별다른 피해를 주지는 못했다.

그래도 놈이 잠시 주춤하는 사이 유정상은 인벤토리를 열어 본소드를 꺼내고는 커서를 이용해 공중에서 놈을 공격했다.

"끼아아아!"

검이 공중을 날아다니며 놈을 귀찮게 하다 빈틈이 생기면 찌르기를 시도했다.

깡.

그러나 놈의 단단한 껍질을 뚫기에는 부족하다.

하지만, 유정상은 커서를 이동시켜 싸우는 동시에 접근을 시도하며 계속 펀치를 날렸다.

퍼엉! 펑!

마나의 소모가 상당함에도 녀석이 큰 충격을 받지 않았다고 생각한 유정산은 커서로 놈을 확인했다.

[생명력: 1690/1800]

'쳇, 이래서야 놈을 쓰러뜨리기 전에 지쳐버리겠다.'

실제로 유정상의 경우 상당한 마나가 소모되었고, 더불어 몸도 조금씩 지쳐가고 있었다. 레벨 차이는 겨우 3이었지만, 체감 상으로는 훨씬 커다란 벽으로 다가오고 있었다.

"키우우우우!"

지옥귀의 커다란 집게발이 휘둘러지자 강력한 바람과 함께 에너지파가 퍼져나갔다.

까앙!

미처 피하지 못해 위급한 상황으로 몰렸지만, 커서 스스로가 빠르게 유정상의 앞에서 에너지 파를 막음으로써 위기를 넘길 수 있었다.

하지만 그 충격 이후 커서가 깜박거리기 시작했다.

강렬한 힘을 받은 덕분에 커서에게도 데미지가 들어간 것이다.

그 때문일까.

커서가 잠시 동안 유정상의 통제를 벗어나더니 이내 머리에 쏙하니 박혀버렸다.

"이, 이런!"

마나를 확인해보니 아직 바닥이 난 것도 아니었다.

결국 커서 자체에 데미지가 들어간 것이다.

긴박한 순간에 느닷없이 커서가 머리에 박혀버리자 당황했다. 그러나 지금의 상태에서 녀석을 피해 달아날 수 없었다.

왜냐하면 녀석은 이미 주변에 자신의 영역을 만들어 둔 상황.

전투가 시작되면서 놈이 주변에 자신의 영역을 만들어버린 것이다.

영역을 만들어 낼 수 있는 몬스터는 어느 정도 고위급, 그것도 보스급에서나 가능한 능력이다.

그리고 그 영역이란 자신만의 공간이다.

다시 말해 영역 안은 대상자에게 미궁이나 다름없다는 뜻.

결국 놈을 죽여야만 벗어날 수 있다는 이야기다.

놈이 빠르게 유정상에게 따라 붙었다.

지금으로서는 커서가 맛이 간 덕분에 인벤토리도 열수 없으니 사용할 수 있는 건 결국 주먹밖에는 없는 것이다.

퍼엉!

"키아아!"

놈의 다리에 주먹을 날리자 녀석이 잠시 균형을 잃었다.

그 틈을 타 녀석의 다리 사이를 통과하며 반대편으로 달렸다.

그런데 그 순간 날카로운 칼이 수십 개쯤 달린 것 같은, 녀석의 가늘고 긴 꼬리가 유정상에게 날아들었다.

팟.

"크윽!"

날카로운 꼬리가 유정상의 허리를 스치고 지나가자 피가 튀었다.

그나마 다행인 것은 상처가 그리 깊지 않다는 것이다.

서둘러 상처를 확인하고는 대충 손으로 상처를 압박하며 물러섰지만, 이내 막다른 장소에 다다랐다. 놈의 영역이다 보니 주변의 지형을 읽을 수가 없었기 때문에 궁지에 몰려 버린 것이다.

"젠장!"

주머니에서 선인장 연고를 꺼내 상처 부위에 대충 바르며 계속 구석으로 물러섰다.

지옥귀가 유정상에게 여유를 부리며 느긋하게 다가왔다.

놈이 근처로 다가오자 특유의 글글거리는 소리가 들려온다.

두근두근.

상당한 압박감에 유정상의 심장이 요동쳤다.

커서가 봉쇄된 상태에서 몬스터와의 조우한 경우가 전무했던 탓에 전신으로 식은땀이 흐른다.

천천히 다가오던 지옥귀가 순간 잽싸게 커다란 주둥이 집게발을 휘둘렀다.

휘아아아.

콰앙!

유정상이 간발의 차이로 피해 내자 곁에 있던 바위가 터져 나갔다. 그러나 여전히 궁지에 몰린 상황.

놈이 이번에는 집게발로 유정상의 정면을 향해 겨누었다.

단숨에 몸통을 끊어버리겠다는 심보일 것이다.

그렇게 유정상의 목숨이 경각에 달려있던 그 순간.

쓱싹. 쓱싹. 쓱싹.

"끼우우우우!"

쿠우웅!

날카로운 칼 소리가 요란하게 울리자마자 놈이 비명을 지르고는 그 자리에 주저 앉아버렸다.

그리고 곧바로 주저앉았던 몸을 다시 세우자 놈의 다리 사이에 뭔가가 나타났다.

"삐이이이!"

쓱싹. 쓱싹.

두려움에 몸을 감추었던 백정이 어느새 녀석의 다리 사이에서 뽈뽈거리며 자신의 앙증맞은 칼을 이용해 빠른 움직임으로 공격하고 있었다.

쓱싹. 슈슈슉.

백정의 칼이 지옥귀의 기다란 다리를 스친다.

"끼아아아!"

지옥귀가 백정의 날카로운 칼부림에 화가 났는지 소리를 지르고 있었다.

놈의 껍질이 워낙 단단한 덕분에 날카롭고 강한 백정의 칼도 제대로 먹히지 않고 있었다.

물론 백정도 그 사실을 모르고 있지는 않았을 터.

그럼에도 백정은 유정상이 궁지에 몰리자 충성심에 공포를 무릅쓰고 놈에게 달려들고 있는 상황이었다.

휘리리릭.

놈이 백정을 향해 꼬리를 휘둘렀다.

하지만, 재빠른 백정이 그것을 피해 땅속을 파고들어 가 버렸다.

빗나가 버린 꼬리를 다시 땅속으로 푹푹푹 빠르게 쑤시는 지옥귀에게 정신을 차린 유정상이 이를 갈며 주먹을 휘둘렀다.

"이 새끼야! 죽어라!"

퍼엉! 퍼엉! 퍼엉!

놈이 유정상의 주먹질에 휘청하더니 뒤로 물러섰다.

하지만 지옥귀는 유정상보다는 땅속에 숨어있는 백정에게 집중하며 계속 땅속에 쑤셔댄다.

놈에겐 유정상의 주먹보다 백정의 칼이 더 위협이 되었던 것이다.

유정상이 주먹을 더 빠르게 움직이며 놈에게 가격했지만 소용없었다.

그런데 그때였다.

"삐이이!"

갑자기 땅속에서 튀어나온 백정이가 놈의 목 부근으로 뛰어올랐다.

슥삭삭.

"끼웨에에에엑!"

지옥귀가 목 부위에서 피를 뿌리며 요동쳤다.

머리와 배 부위를 이어주는 틈을 공격한 것이다.

유정상도 백정의 활약에 주먹을 불끈 쥐었다.

그런데 그 순간.

푸슉.

어느새 놈의 칼 같은 꼬리가 백정의 몸을 관통하고 있었다.

"삐이이이이이이이!"

귀를 찢는 듯한 소리로 울부짖는 백정의 모습에 유정상의 눈이 부릅떠졌다.

"백정!"

"삐이이이이!"

백정의 작은 몸을 뚫고 지나간 지옥귀의 꼬리.

백정이 고통스러운 몸짓으로 몸부림치며 바둥거렸다.

"삐이이이!"

백정의 모습에 유정상이 분노했다.

"이 새끼가!"

그리고는 거의 바닥을 보이는 마나임에도 사력을 다해 주먹을 내질렀다.

퍼어엉!

놈이 유정상의 펀치를 맞고 휘청하며 뒤로 물러섰고, 그 흔들림 때문에 백정의 몸에서 날카로운 꼬리가 빠져나갔다.

그렇게 작은 몸뚱이가 바닥으로 떨어졌다.

그것을 본 유정상의 눈이 활활 타올랐다.

커서가 불안정한 상태에서 깜빡이고 있었지만 유정상의 분노로 다시 움직이기 시작했다.

까닥. 까닥.

머리에서 좌우로 흔들며 빠져나가려 한다.

팟.

머리에서 분리된 커서가 곧바로 인벤토리를 열어 '분노의 소주'를 꺼내 유정상의 몸에 떨어뜨린다. 그리고 다시 머리에 박혀버리는 커서.

곧바로 몸에 소주가 흡수되며 유정상의 얼굴이 붉게 물들었다.

[분노의 소주를 섭취했습니다.]
[순간 공격력이 두 배로 오르고 마나가 풀업 됩니다.]

유정상의 눈동자도 붉게 변했다.

전신에 에너지가 요동치며 흥분으로 온몸이 부들부들 떨리기 시작했다.

"으으으!"

그때 지옥귀의 꼬리가 유정상의 안면을 향해 날아들었다.

까아앙!

강렬한 쇠의 충격음.

유정상의 눈앞까지 날아온 지옥귀의 꼬리가 멈추어 섰다.

어느새 머리에서 튀어나간 커서가 놈의 꼬리를 막아선 것이다.

꼬리가 부들부들 떨리고 있었다.

지옥귀도 갑작스러운 상황에 놀라 당황한 기색이다.

놈이 꼬리를 거두려고 했지만, 커서에 의해 움직임이 완전 봉쇄되어 버렸다.

"더러운 새끼. 가만두지 않겠어."

"끼아아아아!"

놈이 소리를 질렀다.

그러나 전혀 움직이지 않는 꼬리.

커서가 완벽하게 놈을 봉쇄하고 있는 사이 유정상이 잔뜩 미간을 찡그린 채 손을 앞으로 뻗었다가 옆으로 틀었다.

커서가 유정상의 손짓에 맞춰 오른쪽으로 빠르게 이동했다.

그러자 지옥귀의 거대한 몸뚱이가 커서의 움직임에 따라 딸려가기 시작했다.

"끼아아아!"

그리고 끌고 가는 힘이 갑자기 증폭하며 놈을 벽 쪽으로 날려버렸다.

콰아앙!

"끼아아아!"

붉은 눈으로 그곳을 바라보던 유정상이 몸을 돌려 백정이 있는 곳으로 달려갔다.

유정상이 백정에게 다가가려던 순간 백정의 몸통 가운데 뚫린 곳으로 푸른 기운이 퍼져나가는 것이 보였다.

서둘러 유정상이 커서를 움직여 인벤토리를 열었다. 포션을 사용하기 위함이었다.

그런데, 커서가 포션을 채 잡기도 전에 백정의 몸이 조각조각 분해가 되기 시작했다.

그리고 퍽 하는 느낌과 함께 푸른 연기만 남기고 사라져 버렸다.

"씨바알!"

유정상이 분노로 소리를 지르며 온몸을 부들부들 떨었다.

그사이 벽에 충돌했던 지옥귀가 머리를 흔들며 정신을 차렸다. 그리고 유정상이 있는 방향을 확인하고는 집게발을 앞세워 달려들었다.

그리고 집게발을 크게 벌리며 근처까지 다가왔을 무렵 쾅하는 느낌과 함께 놈의 움직임이 다시 멈추었다.

"끼엑?"

이번에도 커서에 의해 움직임을 봉쇄당한 것이다.

그러나 커서란 것이 인간이고 몬스터고 유정상 이외엔 볼 수 없었기 때문에 놈은 이 황당한 상황에 어찌할 바를 모르고 있었다.

"편하게 죽지는 못 할 거다."

미간을 잔뜩 찌푸린 유정상이 차갑게 말하고는 곧바로 커서를 위로 움직이자 놈의 커다란 몸뚱이가 위로 번쩍 치켜 들렸다.

그와 동시에 놈의 약점과도 같은 배 부위가 드러났다.

"흐아아앗!"

21

어느새 가득 찬 마나.

푸른색 마나 에너지에선 스파크가 일고 있다.

그 에너지를 이용해 유정상이 미친 듯 주먹을 내질렀다.

쾅!

유정상의 오른쪽 주먹이 공기를 가르며 지옥귀의 배에 연속으로 작렬했다.

콰콰쾅! 콰콰콰콰쾅!

주먹의 속도가 점점 빨라지고, 더불어 강도도 점차 강해져 충격 역시 배가되었다.

"끼에에에에에!"

지옥귀의 몸이 위로 들린 채 전신을 부르르 떨었다 . 그리고 동시에 고통의 비명을 질러댔다.

"이정도로 끝나지 않아!"

유정상이 소리치며 펀치의 속도를 더욱 올렸다.

콰콰콰콰콰콰콰콰.

유정상의 주먹이 잔상을 일으키며 엄청난 속도로 놈의 몸에 직격해 들어갔다.

그 때문에 놈의 배 부위가 움푹움푹 패여 들어간다.

그리고 더불어 그 껍질에 균열이 생기기 시작했다.

"끼에에에에에!"

하지만 단순히 표변적 충격이 문제가 아니다. 유성상의 주먹엔 진동성의 강한 기운이 서려 있던 탓에 놈의 내면엔 더 강한 충격이 전해지고 있었다.

이네크라는 주먹왕의 주특기가 발경이었기 때문에 당연한 일이었다.

콰콰콰콰콰콰콰.

"뒈져버려! 이 새끼야!"

반쯤 이성을 잃은 유정상의 주먹이 더욱 빨라졌다.

급기야 스파크를 일으키며 에너지 바를 가득 채우던 마나도 줄어들기 시작했다.

곧바로 놈을 붙잡아 세우고 있던 커서를 거두어 들이자 지옥귀의 몸이 앞으로 무너지듯 쓰러졌다.

쿵!

하지만, 지옥귀의 숨이 아직 끊어지지 않은 상태.

유정상이 머리를 들어 동굴 위를 확인했다. 천장에 주렁주렁 붙어있는 많은 수의 바위들, 그중에 가장 커다랗고 끝이 날카로운 돌덩이를 찾았다. 그리고 그것을 찾은 유정상이 그것의 윗부분에 주먹을 날렸다.

펑!

꽈지지직.

주먹을 맞은 윗부분에 금이 가더니 요란한 소리와 함께 커다란 바위가 아래로 떨어져 내렸다.

하지만, 위치가 놈이 있는 곳과 약간 차이가 나자 곧바로 커서로 잡아 방향을 바꾸었다.

"흐앗!"

순간적인 마나의 압박감이 밀려들었으나 소리를 지르며

그것을 이겨낸다.

그리고…….

쿠아아앙!

"꾸에에에에엑!!"

놈의 몸통에 직격하더니 그대로 단단하기만 했던 껍질을 뚫고 들어가 버렸다.

그리고 고통에 비명을 지르던 놈이 몸이 뚫린 채로 버둥거리다 곧 머리를 축 늘어뜨렸다.

일반적이라면 지옥귀의 껍질이 이렇게 쉽게 뚫릴 리 없을 것이다. 하지만 유정상의 주먹세례에 놈의 몸을 보호하고 있던 에너지가 흩어지며 결국 관통되고 말았다.

[레벨이 올랐습니다.]

하지만 이런 메시지도 지금의 유정상의 눈에는 들어오지 않았다.

평소라면 좋아서 펄쩍 뛰었을지도 모르지만 지금의 그에겐 아무런 의미도 없는 것 같았다.

"헉. 헉."

체력을 거의 다 소진한 유정상이 헐떡거리다 곧 땅바닥에 쓰러지듯 주저앉고 말았다. 그리고 이내 밀려오는 급격한 피로에 몸을 가눌 수가 없었다.

지금 이 순간, 그는 그저 쉬고 싶을 뿐이었다.

급격한 체력 저하로 인해 정신력마저 무너지고 있었던 것이다.

풀썩.

앉은 자세 그대로 앞으로 고꾸라지고 말았다.

그리고 파르르 떨리던 눈이 스르륵 감겼다.

…….

시간이 얼마나 흘렀을까?

주변의 소란스러운 소리에 유정상의 눈이 천천히 떠졌다.

"카아아!"

발광거미 한 마리가 유정상의 근처에서 커서에 가로막혀 발버둥을 치고 있었다.

유정상이 쓰러져 있는 동안 그에게 접근하던 몬스터를 커서가 막고 있었던 것이다.

하지만 기력이 거의 남아 있지 않은 유정상으로서는 몸을 일으키는 것도 버거운 상태.

그런데 유정상의 눈앞에 보이는 푸른색 바에 에너지가 얼마 남지 않았다.

몬스터를 막아내느라 마나가 바닥나기 직전이었다.

커서가 몬스터를 어찌어찌 막고는 있었지만, 그 이상은 유정상의 의지가 필요한 부분이다.

힘들게 몸을 일으킨 유정상이 커서로 발광거미를 벽 쪽으로 던졌다.

그러자 놈이 날아가 벽에 찰싹 붙어버렸다.

기력이 약해져 있는 상태다보니 커서의 움직임이 생각보다 느려 놈이 벽과의 충돌을 피할 수 있었던 것이다.

하지만 그 사이 유정상은 그런 몸으로도 나름 빠르게 인벤토리를 열어 크린볼 하나를 자신의 몸에 떨어뜨렸다. 그리고 동시에 푸른색의 마나 포션도 떨어뜨렸다.

곧바로 온몸에 퍼져나가는 기운.

그때 벽을 타고 이동하던 거미가 유정상의 머리 위쪽으로 몸을 날렸다.

파앙!

"끼에엑!"

곧바로 그쪽을 향해 주먹을 뻗어 녀석의 머리를 박살내 버렸다.

털썩.

유정상의 근처에 발광거미의 사체가 떨어졌다.

"하아. 하아."

짧은 순간 생성된 마나의 에너지와 기력을 쏟아부어 날린 주먹이라 다시 뒤로 벌러덩 누워 버렸다.

"젠장. 나도 더는 모르겠다. 몬스터가 더 있으면 그냥 날 잡아먹어라."

그리고 아까의 상황을 떠올리자 밀려드는 분노.

무작정 지옥귀에게 달려든 자신에게 화가 났다.

하지만, 그래봐야 죽어 버린 백정이를 살릴 수는 없는 일이다.

힘겹게 다시 몸을 일으켰다.

그리고 죽은 지옥귀의 사체를 넋 나간 모습으로 바라보았다.

같이 지낸 시간이 짧았지만, 그 사이 몇 번의 사투 속에 가족 같은 신뢰가 쌓였다. 그런데 이렇게 허무하게 백정이를 보내고 나니 허망함만 가득했다.

살아오면서 애완동물이라고는 전혀 키워본 적도 없었고, 그런 동물들을 가족이라고 말하는 사람들도 이해하지 못했는데 이젠 그 감정을 이해할 수 있을 것만 같았다.

"……."

벌러덩.

그렇게 한참을 바닥에 누워 동굴 속 높은 천장을 바라보며 있었다.

잠시 동안 답답한 마음에 멍한 표정으로 그렇게 있다가 곧 몸을 일으켰다.

한낱 동물, 그것도 몬스터에 불과했던 백정에게 자신이 이렇게까지 애정을 가지고 있었을 거라고는 전혀 예상도 못한 탓에 계속 우울한 모습이었다.

지옥귀의 시체 곁에 떨어진 아이템들을 무심한 눈으로 바라보았다.

그리고 보니 던전에서 처절하게 싸우며 동료들을 잃었을 때도 그랬다.

그 와중에도 사체에서 부산물을 얻어가는 건 잊지 않았

었으니까.

그렇게 복잡한 마음으로 바닥에 누워있는데 유정상의 시야에 글자가 떴다. 그런데 그 내용이 전혀 예상하지 못한 것이었다.

"응?"

[펫이 육신의 에너지가 소멸되어 유계로 강제송환 되었습니다.]
[24시간 안에는 불러올 수 없습니다.]
[24시간이 지나면 다시 자동 소환됩니다.]

"뭐야? 도대체."

결국 백정이는 죽은 게 아니라는 말이 아닌가.

유계가 어디인지는 모르겠지만, 아무튼 백정이 그곳으로 보내졌다가 하루가 지나면 다시 돌아온다는 뜻이니까 말이다.

"아, 진짜. 이런 사실을 왜 이제야 설명하는 거야!"

갑자기 쪽팔림이 물밀듯이 밀려왔다.

이런 사실도 모르고 혼자서 뻘 짓을 했으니 당연한 일이었다.

그나마 나행인 건 아무도 없는 상소라는 사실.

"에휴."

그래도 어쨌든 백정이가 죽지 않았다는 사실을 알았으니

천만 다행이었다. 곧 유정상이 마른세수를 벅벅 하고는 말했다.

"아이템이나 살펴볼까?"

태세전환이 빠르다.

곧바로 백정에 대한 생각은 말끔히 지우고 커서로 나온 아이템들을 살폈다.

금화 자루가 큰 거 두 개, 하급의 생명력 포션과 마나 포션들 몇 개와 바둑판 무늬의 슈트 하나 그리고 검은색의 검 한 자루가 보였다.

과연 레벨이 10이나 되는 괴물이다 보니 뱉어 내는 아이템도 어마어마한 양이었다.

그나저나 슈트는 처음 나온 물건이라 그것부터 살폈다.

[지옥귀 슈트]
[내구력:350/350]
[방어력: 280]
[지옥귀의 표면을 잘라 붙여 만든 슈트]
[옵션: 생명력을 80 올려준다.]

대충 살펴봐도 엄청난 슈트임을 알 수 있었다.

이 정도라면 미래에서도 중급 슈트 이상은 되지 않을까 싶었다. 물론 정확한 건 아니지만 말이다.

어쨌든 비싸기만 한 쓰레기 슈트는 입을 필요가 없어졌
다.

곧바로 그것에 커서를 가져가 입수한 후 인벤토리에서
꺼내 자신의 몸으로 가져가 보았다.

그 순간 유정상의 전신을 짙은 갈색의 슈트가 뒤덮었다.
그것과 동시에 입고 있던 겉옷이 곧바로 인벤토리에 들어
가 버렸다.

몸을 이리저리 움직여 보았다.

움직임이 부드럽고 착용감 또한 나쁘지 않았다.

곧이어 오랜만에 자신의 상태창을 불러왔다.

[이름: 유정상]

[직업: 커서마스터]

[레벨: 8]

[공격력: 65+180(이네크의 반지)]

[방어력: 40+280(지옥귀 슈트)]

[생명력: 250+80(지옥귀 슈트)/250+80(지옥귀 슈트)]

[힘: 28]

[민첩: 35]

[체력: 40]

[지능: 11]

그동안 제대로 살피지 않았는데 그사이 제법 많은 것이

30 **커서 마스터** ²
    Cursor Master

바뀌어 있었다. 최근 몸이 이상하리만치 가벼웠다고 생각했더니 이렇게나 달라져 있었던 것이다.

그리고 검은색 검에 커서를 가져가 보았다.

[귀기소드]
[내구력:450/450]
[공격력: 270]
[지옥귀의 꼬리뼈를 가공해 만든 검]
[옵션: 힘을 10 올려준다.]

이제까지 나오던 아이템들과는 차원이 다른 수치를 보고는 입이 뜨악하고 벌려졌다.

게임으로 따지면 유니크나 레어 정도 될지도 모르겠다.

어쨌거나 유정상은 새로운 장비들을 보면서 기분이 좋아졌다.

"흐음. 이젠 지옥귀 껍데기를 분리해 볼까?"

커서로 지옥귀의 몸에서 나온 '귀기소드'로 직접 사체에서 껍질을 분리하기 시작했다.

검의 날이 워낙 잘 서 있었기에 힘들이지 않고 분리해 낼 수 있었다.

"이거 몬스터 해체 전용 칼로 쓸까?"

본인이 들고 있는 검의 가치를 모르니 아무렇게나 지껄이는 유정상이었다.

그렇게 신나게 칼을 놀리며 지옥귀의 사체를 절단 내고 있는데 지옥귀가 튀어나왔던 구멍이에서 이상한 빛이 어른거리는 게 보였다.

그 때문에 작업을 멈추고 빛이 일렁이는 곳으로 다가가 구멍 속을 내려다보았다.

잘 알 수는 없지만, 기묘하고도 강렬한 에너지가 요동치고 있다는 걸 느꼈다.

곧바로 커서를 그곳에 가져가 확인을 해보았다.

[근원에너지 결정체]
[던전의 에너지 결정으로 균형을 이루게 해준다.]
[상태: 균열이 생겨있는 상태, 이대로 놔둔다면 50일 이내로 파괴될 수도 있다.]

"던전의 핵? 저게 퀘스트에서 말하던 그것인가?"

놀란 유정상이 지옥귀 해체 작업을 완전히 중단하고 인벤토리 안에서 '세이브 밤'을 꺼냈다.

설마 던전의 핵이 정말로 발견될 거라고는 기대하지 않고 있었는데 막상 발견하고 보니 가슴이 두근거렸다.

곧바로 구덩이 근처로 조심스럽게 다가갔다.

중앙으로 흘러내리는 모래라 휘청거리기는 했어도 지옥귀가 없는 이상 무작정 끌려들어 가는 것은 아니다.

어쨌든 구덩이에 다가가 내려다보며 높이를 가늠하고는

이내 그 안으로 뛰어 들어갔다.

칠픽.

바닥에 쌓여 있는 모래 위에 떨어진 유정상은 눈앞에 있는 거대한 에너지 덩어리를 보고는 입을 떡하니 벌리고 말았다.

높이는 대략 4미터 정도의 구 형태.

불안정하다는 사실을 알려주는 듯 녹색의 에너지가 구체 주변에 넘실거린다.

던전의 핵에 대한 이야기를 제법 들어보기는 했지만 직접 눈으로 보니 그 기운에 압도당하는 기분이었다.

특히나 은은하게 일렁거리는 녹색의 영롱한 빛이 유정상을 빨아들일 것만 같았다.

멍한 모습으로 그것을 바라보다 자신이 이곳을 찾은 이유를 떠올리며 조심스럽게 다가갔다. 그리고 손에 쥐고 있던 세이브 밤을 들어 녹색의 빛 무리를 향해 던졌다.

꿀렁.

세이브 밤이 빛 무리가 갇혀 있는 얇은 막 안으로 빨려 들어가더니 곧 부글부글 끓어오르기 시작했다. 그리고.

번쩍.

강렬한 빛이 사방으로 뻗어나갔다.

"으악!"

갑작스런 상황에 기겁한 유정상.

예상보다 빛의 위력이 강한 탓에 막대한 에너지파가

유정상에게 덮쳐왔다.

그때였다.

커서가 공중에서 부르르 떨더니 강력한 파장을 생성하기 시작했다.

그리고 그 에너지 파장을 이용해 유정상의 주위를 감싸버렸다.

그와 동시에 녹색의 에너지파가 커서가 만들어낸 에너지 파장과 충돌했다.

파아앙!

유정상의 주위로 만들어진 방어막과 같은 에너지 파장에서 강한 충격이 생김과 동시에 유정상의 몸이 뒤로 날아가버렸다.

그리고 동시에 지하 벽에 쿵하고 부딪쳤다.

"크앗!"

그 충격으로 그는 의식을 잃고 말았다.

커서 마스터

Cursor Master

2. 영혼의 휴식처

커서 마스터
Cursor Master

2. 영혼의 휴식처

얼마의 시간이 흘렀을까?

유정상의 손끝이 까닥거렸다.

그리고 바닥에 엎어진 유정상이 눈을 깜빡거리기 시작했다.

그러다 눈을 서서히 뜨고는 몸을 일으켰다.

"으음."

온몸이 부서져 나갈 것 같은 통증이 밀려들었다.

우두둑.

목을 이리저리 움직이고는 비틀거리며 바닥에서 일어선 유정상.

두통 때문에 머리를 흔든다.

잠시 현재의 상황을 인식하지 못하던 그는 이내 의식을 잃기 전의 상황을 떠올렸다.

"아, 그 빛."

유정상이 고개를 돌리자 녹색의 강렬한 빛을 뿜던 던전 핵의 기운이 고요하게 가라앉아 있었다.

빛을 감싸고 있던 막이 더 단단히 빛을 가두고 있는 느낌이 들었다.

안정화가 이루어진 탓이다.

[미션을 클리어 하셨습니다.]

[보상으로 '이동의 팔찌'와 1,500골드가 주어집니다.]

그 순간 유정상의 오른쪽 손목에서 빛이 생기더니 곧바로 검붉은 바탕에 황금색의 담쟁이 무늬가 새겨진 팔찌가 생겨났다.

"뭐여? 이건."

황당해 하면서도 커서를 이동해 팔찌를 확인해 보았다.

[이동의 팔찌]

[내구력:120/120]

[오우서의 힘줄을 꼬아 만든 강력한 줄이 내장되어 있다. 몸을 이동시킬 때 사용한다.]

[한 번 사용 시마다 일정량의 마나를 소모한다.]

"이동?"

이동의 팔찌에 마나를 주입하자 어떻게 사용해야 할지 알 것 같은 기분이다. 팔에서 줄을 발사해 어딘가로 올라가거나 내려갈 때 사용하는 물건이라는 걸 알아차렸다.

"스파이더맨이냐?"

영화 속 스파이더맨처럼 줄을 쏘아 공중에서 몸을 이동시킬 때 유용한 물건이었다.

덕분에 헌터가 아니라 히어로가 되어 가는 기분이었다.

그래도 생각 이상으로 유용해 보이니 나쁘지 않다.

곧 그것을 실험해 보기로 했다.

오른손을 뻗어 마나를 집중하자 팔찌에서 붉은색의 줄이 뻗어져 나갔다.

그리고 천장에 줄이 닿자마자 몸이 쭉 하니 빨려 올라간다.

문제는 컨트롤하기 힘들 정도로 빠르게 움직인다는 사실.

"우왁!"

쿵!

천장에 부딪치고는 생명력이 60이나 빠져나가 버렸다.

"젠장. 이거 함부로 사용하다간 순식간에 죽어버리겠다."

❖　❖　❖

　　한산한 도시 외곽의 숲.

　　평소 인적이 드문 곳이라 그런지 을씨년스럽다.

　　아직 겨울이 완전히 지나간 시기가 아니라 앙상한 나무들 때문에 더욱 그런 느낌이 강했다.

　　그런 곳에 1톤 트럭 한 대가 천천히 들어서고 있었다.

　　끽.

　　"위치가 이 근처인데……."

　　트럭의 운전석에 있던 포니테일 머리의 젊은 여성이 내비게이션을 확인하며 주변을 두리번거렸다.

　　그리고 그녀의 눈에 뭔가가 띄었다.

　　"저긴가?"

　　서둘러 트럭을 그곳으로 이동시켰다.

　　그리고 남자가 서 있는 장소 앞에 트럭을 세웠다.

　　운전석에서 내린 여자가 남자에게 다가가 웃으며 물었다.

　　"박가네 만물상점에서 왔는데 유정상씨 맞으시죠?"

　　그러자 남자, 유정상이 의외라는 표정을 짓고는 곧 고개를 끄덕인다. 설마 여자가 올 거라고는 예상하지 못했던 탓이다.

　　"네."

　　유정상이 그렇게 대답하자 여자의 표정이 밝아졌다.

"안녕하세요. 전 박시연이라고 해요."

그렇게 인사를 하고는 곧바로 유정상 뒤쪽의 암갈색 타포린 시트로 덮여 있는 커다란 물체로 시선을 보내곤 눈이 커다랗게 변했다.

"설마, 저건가요?"

"네."

"1톤 트럭이면 여유가 있을 거라 짐작했는데 생각보다 많은 양이네요."

"그래도 대충 다 실을 수는 있을 것 같군요."

유정상의 말에 그녀가 고개를 끄덕이고는 커버를 벗겨냈다.

그리곤 그곳에 쌓여있는 물건들을 보며 경악했다.

"세상에, 이게 다 몬스터 부산물인가요?"

"대부분은요. 물론 아닌 것도 있지만."

박시연은 잔뜩 쌓여 있는 가죽이나 뼈, 그리고 커다란 상자에 잔뜩 들어 있는 물건들을 보며 경악했다. 하지만 그렇게 놀라면서도 굉장히 즐거워하는 눈치였다.

"이렇게 많은 양을 한꺼번에 거래하는 건 처음이에요. 왠지 막 두근거리는 대요."

박시연이 트럭에 물건들을 실으며 신나게 떠들었다.

"친구들은 이런 거 징그럽다는 데 전 어쩐지 막 호기심이 일고 재밌어요."

"……."

"이 모든 게 한 번의 레이드로 얻은 양인가요?"

"네."

사실 팀을 이룬 레이드가 아니긴 하지만 굳이 그것까지는 말하고 싶지 않았다.

"여자로서 이런 일 하는 거 어렵지 않습니까?"

이쪽 계통에 여자는 드물다. 특히나 젊은 사람은 더욱.

"가족 일인데요. 뭐."

"그럼, 주인장 어르신의……."

"네. 막내딸이에요. 별로 귀염 받고 있지는 못하지만."

그녀의 말에 유정상의 표정이 미묘하게 변했다.

처음 볼 때부터 낯이 익다고 생각은 하고 있었는데, 누군가 했더니 가끔 박노인의 일을 돕던 40대 중년의 여인이 바로 그녀였다는 걸 기억해냈다.

한참 단골로 가게를 들락거리던 시절, 가끔 박노인 대신 가게를 보기도 하던 여자였는데 말주변도 좋고 싹싹하던 중년의 여인을 기억해낸 것이다.

그러고 보니 그때도 포니테일 머리였었다.

아니, 미래의 일이니 과거형은 정확한 표현이 아니지만.

"막내딸이지. 내 가게를 물려받을 아이라네."

박노인이 했던 말이 떠올랐다.

아마 딸 하나를 키우고 있었다고 했던가?

남편을 일찍 잃었다는 이야기도 들었던 것 같았다.

그런 그녀의 젊은 시절이 눈앞에 보이고 있었다.

"왜 그러세요?"

자신을 빤히 바라보고 있으니 의아하다는 표정으로 묻자 고개를 저었다.

"아뇨. 별일 아닙니다."

❖ ❖ ❖

"잘 실어 왔겠지?"

트럭이 도착하자 가게 뒤편의 창고 쪽으로 안내한 박노인이 운적석에서 내리는 박시연에게 말했다.

"아빠는 참. 하나도 빠짐없이 꼼꼼하게 다 실었어요."

곧바로 유정상이 조수석에서 내렸지만 박노인은 그를 본체만체하며 서둘러 트럭의 깔깔이를 풀고 있었다.

물건을 확인하고 싶은 생각에 마음이 급했던 모양이다.

그리고 트럭 시트커버, 갑바를 걷어내고는 돋보기 안경을 고쳐 쓰며 물건들을 확인했다.

"이거. 진짜 지옥귀의 껍질이군. 정말 놀라워."

"저도 놀랬다니까요."

박시연이 박노인의 말에 맞장구치며 즐거워한다.

"넌 이제 됐으니 그만 들어가 보거라."

"치."

뾰루퉁한 얼굴로 박시연이 창고 안쪽의 문으로 들어갔다.

그 모습을 바라보던 노인이 쯧쯧 하며 혀를 차고는 입을 열었다.

"여자애가 무슨 이런 일을 돕겠다는 건지. 아들놈들은 전부 내 일을 받으려 하지 않는데 말이야."

툴툴거리던 박노인은 유정상이 별다른 대꾸를 하지 않자 곧 화제를 돌렸다.

"그래도 설마 했는데, 이런 물건을 구해올 줄이야."

"뭐, 운이 좋았다고 해야 할지 나빴다고 해야 할지 모르겠군요."

유정상이 어색하게 웃으며 대답했다.

그만큼 지옥귀는 상대하기 어려웠던 놈이다.

분노의 소주라는 사기성 아이템이 없었다면 지금쯤 자신은 놈의 먹이가 되었을지도 모르니까.

"그랬겠지. 저런 놈을 만났으니."

박노인이 알만하다는 표정으로 고개를 절레절레 흔들었다.

"그나저나 왜 굳이 그렇게 외진 곳으로 불러낸 건가. 저 번처럼 화물 트럭 불러서 싣고 오면 될 일을 번거롭게. 설마, 돈 때문인가?"

어느 정도는 정답.

하지만 굳이 그렇게 대답할 이유는 없었다.

"그거 몇 푼 한다고요."

유정상이 태연하게 말했다.

"하기야. 자네 정도의 수입을 얻는 사람이 그럴 리는 없겠지."

"실은 전에 막장굼벵이 껍질을 판매하고 난 이후에 제가 들어가던 던전에서 그 놈이 나왔다는 소문이 돌았거든요."

"흐음. 그러니까 귀찮은 건 싫다는 말 이구만."

"뭐, 그렇지요."

"그렇다고 쳐도 사체의 부산물을 몰래 가져 나올 수는 없는 일 아닌가?"

"그건 제가 알아서 할 일이고요."

박노인의 입장에서는 어려보이면서도 노련한 이 젊은 각성자에 대한 호기심이 적을 수가 없었다. 처음 만났을 때부터 뭔가 특별하다고는 생각했지만, 이정도 일 줄은 몰랐던 것이다.

"나머지는?"

"막장굼벵이 부산물이랑 발광거미의 부산물입니다."

"막장굼벵이를 또 구했다고? 허참. 자네 정말 사람 놀래키는 재주가 탁월하구만. 자네 팀원들의 능력이 엄청나겠어. 그나저나 앞으로도 이렇게 대단한 부산물을 거래해 줄 수 있겠나?"

"돈이 된다면 어떤 놈이든 사냥할거니까요."

"허."

그런데 짐 바닥에 깔려있던 박스를 내려놓자 그것을 확인한 박노인이 다시 한 번 놀랐다.

발광석.

그것들이 뿜어내는 신묘한 빛에 빨려 들어갈 것만 같은 박노인이었다.

"이거 정말 놀랄 노자로군. 발광석 광산이라도 찾은 것인가?"

"우연히 발견했습니다. 그곳에서 지옥귀를 만났으니까."

"자네 정말 정체가 뭔가? 도대체 무슨 팀을 운영하기에 이런 것들을 한 번에 구한 거지?"

"……."

"뭐, 이런 질문은 실례겠군. 나도 너무 놀라서 말일세."

결국 박노인에게 모든 부산물을 넘기고 받은 돈은 모두 2억 천 680만원 이었다.

지옥귀의 경우 시세가 대충 1억 정도로 책정되어 있었지만 1억 2천만 원으로 넘겼고, 막장굼벵이를 비롯한 발광거미의 사체는 숫자가 좀 많아서 모두 9천680만 원을 받았다.

그리고 발광석의 경우엔 자신이 값을 매기는 게 좀 어렵다며 나중에 시세가 확정되면 알려주겠다고 했다.

돈이 들어오려고 하니 순식간에 엄청난 액수가 밀려들어왔다.

일찔찔한 표정으로 현금 가방을 받아든 유성상에게 박노인이 다가와 말했다.

"아참, 자네 저번 때 조사해 달라고 했던 일 말일세."

"던전에 대해 알아내셨습니까?"

"강릉 쪽에 있는 주목받는 3성급 던전. 몇 달 전에 생성된 놈이 하나 있긴 하더군. 그게 요즘 제법 길드들의 주목을 받는 모양이야."

"어떤 곳이죠?"

"일단 한 달 전쯤에 '포이즌 드래곤' 길드에서 보스 사냥에 성공했다고 하는데. 뭐, 표면상으로는 그럭저럭 쓸 만한 3성급 던전이라고 알려져 있지."

"그럼, 아니라는 겁니까?"

"그게 말이야. 좀 알아보니까 이상해서 말이지."

"……?"

"3성급 던전인데 한국 4대 길드중 하나인 포이즌 드래곤이 직접 나섰다?"

"이상합니까? 길드에 최강의 헌터만 있는 것도 아닐 텐데."

"아니, 길드 탑10 강자에 들어가는 강길섭이 직접 나섰다고 들었네. 그럼에도 보스 몬스터를 잡는데 꽤나 애를 먹었다더군."

"이상하긴 하군요."

유정상이 수긍한다며 고개를 끄덕였다.

"그렇지. 이상하지. 5급 헌터가 겨우 3성급 던전보스 몬스터를 잡는데 애를 먹는다니 일반적인 상식이라면 분명 이상하지."

"그런 던전을 만약 골드피닉스에서 공략한다면 어떻겠습니까?"

"뭐? 말도 안 되는 소리."

유정상의 말에 박노인이 어이가 없다는 표정을 지었다.

"그들로는 힘들다는 말씀입니까?"

골드피닉스의 전력에 대해 아는 게 없다보니 그렇게 되물었다.

"방금 이야기하지 않았나. 5급 헌터, 그것도 포이즌 드래곤의 강길섭일세. 그런 녀석이 애를 먹었다는데 골드피닉스에서 그런 던전을 공략한다고? 골드피닉스 최고가 부대표인 박기형이야. 그조차 6급 헌터일 뿐이지."

골드피닉스의 최강자가 대표인 박설화가 아닌 부대표 박기형이라는 사실은 좀 의외였다.

"어쨌든 6급 헌터가 최고인 길드라는 거군요. 골드 피닉스는."

"그러니 어이가 없다는 거지. 설마 그 녀석들 정말로 거길 가겠다고 한 건 아니겠지?"

"저보고 던전 공략에 동참해 달라고 하더군요."

"뭐? 허참."

박노인의 말대로 5급 헌터가 애를 먹었다면 6급 헌터로는 거의 불가능하다고 보면 될 정도였다. 겨우 한 등급 차이기는 하지만, 5급과 6급은 레벨이 아예 다르다.

어쨌든 유정상도 이쯤 되니 뭔가 이상하다고 느꼈다.

박설화가 자신을 길드에 끌어들이고 싶어 하는 건 처음부터 알고 있었다. 그런데 저런 말도 안 되는 던전 공략에 자신을 끌어들인다는 건 아무리 생각해도 이상했다.

물론 이미 보스 사냥에 성공한 곳이니 중간에라도 귀환석을 구해 빠져나오면 될 테지만, 그래도 저 정도면 위험할 것이 아닌가.

던전 안에 목숨을 걸 만큼 대단한 물건이 있는 것일까?

"일반 길드엔 아마도 이런 정확한 사실이 잘 알려지지 않았을 것이네. 나도 이정도의 정보를 얻기 위해 꽤나 많은 인맥을 동원했으니까. 하지만, 골드피닉스의 박기형이라면 어느 정도 상황을 파악하고 있을 게 분명하네."

"그럼 애초에 성공 가능성이 희박한 던전에 들어가는 거군요."

"골드피닉스의 경우 항상 길드 대표가 던전에 반드시 들어갔으니 자네 말대로라면 그 박설화라는 여자가 아마도 팀을 이끌고 들어갈 테지."

결국 박기형이라는 남동생의 음모라는 거다.

남매 간의 자리다툼인가?

그런데 어째서 박설화는 그런 사실을 모르는 걸까?

하지만, 그런 이유까지는 유정상이 알 바 아니다.

"박기형이라는 사내. 검은 속내를 숨기고 있는 건 아닐까? 어지간하면 자네도 얽히지 않는 게 좋아."

골드피닉스의 대표실.

박설화와 박기형이 접객용 소파에 마주보며 앉아 대화를 나누고 있었다.

"그 염동력을 쓴다는 사람과 연락은 된 거야?"

박기형이 박설화에게 물었지만 그녀는 고개를 가로저었다.

"그게…… 아무래도 관심이 없는 것 같아. 전혀 요지부동이거든. 아무래도 길드로 영입하는 문제는 포기하는 게 좋을 것 같아."

"의외네."

"뭐가?"

"누나가 인재를 이렇게 쉽게 포기하는 건 처음 보는 것 같아서."

골드피닉스의 각성자중 몇 명의 실력자는 그녀가 직접 영입한 경우였다. 그들 모두 영입할 때도 순탄하지 않았었지만 끝까지 물고 늘어지는 집념으로 영입해 낸 것이다. 솔직히 그녀가 누군가를 영입한다고 말했을 때 박기형은 이미 그 사람이 자신의 길드 소속이라고 생각했을 정도였다. 그렇기에 박설화가 지금처럼 쉽게 포기하는 건 박기형도 처음 보는 광경이었다.

"뭐, 너무 냉정하게 거절해서 바늘이 들어갈 틈도 보이지 않는 것 같네."

그녀는 담담한 어조로 유정상의 반응을 떠올리며 사실만을 말했다.

하지만, 한편으로는 그녀에게도 나름의 사정이 있었다.

유정상이 뭔가를 눈치 채고 있는 듯한 느낌 때문에 얼마 전 통화 이후 다시 그에게 전화를 걸 수가 없었던 것이다.

멍한 얼굴 때문에 그를 너무 우습게 본 건 아닐까 하는 생각과 함께 그를 영입한 후, 혹시라도 그를 속이고 마나석을 가로챈 자신의 행동이 길드 내에 알려지기라도 하면 얻는 것보다 잃는 게 많을 것이라는 걱정 때문에 선뜻 움직이기가 힘들어진 것이다.

사실 에메랄드 마나석을 가져온 건 박기형도 알고 있었지만 자세한 사정을 이야기 하지는 않았기에 자신이 그를 속이고 중간에 몰래 가로챈 것은 꼭 지켜야 할 비밀이었다.

그가 욕심이 나긴 해도 자신의 위치까지 추락시킬 위험을 감수하고 싶지는 않았던 것이다.

"그 사람 혼자 활동한다고 하지 않았어?"

"그래. 그런데 그사이에 다른 대형 길드의 영입제의라도 받은 것인지……. 우리 길드에 들어오는 걸 무척이나 꺼리는 것 같아."

대충 둘러댄 그녀의 말에 박기형도 고개를 끄덕였다.

"그럼 굳이 무리를 하면서까지 끌어들일 이유는 없네. 얼마나 강한지는 몰라도 그런 사람 하나를 꼭 잡아야 할 정도로 우리가 궁하지는 않지."

"그럼 이번에 그 사람 테스트 겸 공략하기로 한 던전은?"

박설화가 묻자 박기형이 어깨를 으쓱해 보였다.

"어차피 강원도 던전 공략은 준비도 다 되어 있으니까 계획대로 진행하지 뭐."

"……."

"영입 실패했다고 너무 실망하지 마. 어차피 고만고만한 실력자들은 많으니까."

"그래. 네 말이 맞아."

✤   ❖   ✤

"뭐? 취직?"

"정말이니?"

유정인과 어머니가 동시에 놀랐다.

설마하니 유정상의 입에서 취직 이야기가 나올 거라고는 상상도 못한 탓이다.

"왜 그렇게 놀라고 그래?"

그래도 두 사람이 그렇게 크게 놀랄 거라고는 전혀 예상하지 않았던 유정상이 오히려 더 놀란 것이다.

"길드 전속 마사지사라니 정말이야?"

"내 실력 알잖아."

"그야 그렇지."

당연히 두 사람은 잘 알고 있었다.

그 놀라운 능력에 늘 감탄하고 있었으니까. 그래도 그걸로 취직까지 했을 거라고는 전혀 예상하지 못했다.

하지만 실제 길드에서도 소속 마사지사가 있다는 이야기를 TV에서 본 것도 같아서 수긍이 갔다.

"우연히 공원에서 중소규모 길드의 대표라는 사람을 만났거든. 그런데 그 양반 요즘 과로로 힘들어 하기에 그냥 마사지 한번 해줬더니 엄청 시원하다며 난리법석을 떨지 뭐야. 결국 얼떨결에 스카웃이 돼 버렸어."

만약 진짜 길드장을 만나 그런 짓을 했다면 단순히 취직 정도로 끝날 문제는 아니었을 것이다. 그러나 그런 세세한 사정까지는 두 여자도 예상하지 못했다.

"그렇겠지. 네 실력이라면 누구라도 놀랐을 테니까."

"그건 정인이 말이 맞다."

결국 이게 일반인의 한계인 것이다.

아무튼 유정상의 거짓말에 두 사람은 공감하며 고개를 끄덕였다.

그들도 솔직히 유정상의 능력을 경험하지 않았다면 공연한 헛소리에 불과하다고 생각했을 테지만, 그들은 유정상의 탁월한 마사지(?) 능력을 몸소 체험한 탓에 그나마 이정도로라도 수긍을 하고 있었던 것이다.

사실 이렇게 거짓말을 하게 된 진짜 이유는 앞으로 던전을 공략할 동안 이런 저런 일들로 인해 집에 잘 들어올 수 없을 지도 모르기 때문이었다. 그리고 더 중요한 사실은 그가 돈을 벌어오더라도 근거가 있어야 하기 때문이었다.

"어디 길드야?"

"말해도 알만한 길드는 아니야."

애초에 존재하지도 않으니 말해줄 수는 없다.

"그래도 알고 있으면 좋잖아."

"아, 좀."

"그래. 취직했다는 게 중요하지."

그렇게 말한 어머니가 누나의 등짝을 찰싹 때렸다.

아들이 마음먹고 취직했는데 자꾸 따지고 드는 딸내미가 눈치가 없어 보였기 때문이다.

"아야! 왜 그래?"

"눈치도 없이."

말하기 곤란했는데 어머니가 적절히 커트를 해주자 유정상은 속으로 안도의 한숨을 내쉬었다.

그리고 뭔가를 생각했는지 얼굴을 굳히며 두 사람에게 말했다.

"그래서 말인데. 두 사람에게 할 말이 있어."

"뭔데 그러니?"

"엄마 이제 일 그만두셨으면 좋겠어. 누나도 마찬가지. 이제부터 내가 집안 가장 노릇을 하고 싶으니까."

"……"

"……"

두 사람 다 멍한 얼굴이 되었다.

설마 유정상의 입에서 이런 이야기가 나올 거라고는 꿈에도 생각하지 못했던 것이다.

"엄마랑 누나도 경험했을 테지만 내 능력이 남다르잖아. 이것도 일종의 각성 종류라 하더라고. 덕분에 길드에서도 꽤나 많은 월급을 받기로 했으니까. 저기, 그러니까 말이지."

"……"

"……"

여전히 아무런 말없이 유정상을 바라보는 두 사람.

적당히 핑계도 섞어서 말했다.

"내가 앞으로 이 집의 가장 역할을 제대로 해볼 테니까 두 사람은 일을 그만뒀으면 좋겠어. 뭐, 솔직히 일 끝나고 왔을 때 아무도 없으면 나도 일하기 싫어질 거 같고. 거기가 워낙 업무가 많아서 마치는 시간도 일정하지 않다고 하더라고."

두서없는 말에 잠시 유정상을 바라보던 어머니의 눈에 눈물이 고였다.

"정상아."

"칫, 엄마는."

그렇게 말한 누나의 눈에도 눈물이 고였다.

그러나 사실 두 사람을 설득하는 건 생각보다 쉽지는 않았다.

아무리 길드에 입사를 했고 좋은 월급을 받는다고 했지만, 유정상에게만 모든 짐을 씌우는 건 안 된다는 게 어머니의 입장이었다.

그러나 유정상은 단호하게 두 사람을 설득했다.

만약 자신의 의견에 따라주지 않는다면 예전의 모습으로 돌아가 버리겠다고.

마치 어린아이가 '삐뚤어지고 말테야!'를 부르짖는 모습처럼 엉뚱하면서도 유치하긴 했지만 엄마와 누나는 결국 유정상의 의견을 받아들였다.

❖ ❖ ❖

평소처럼 유정상은 방문을 걸어 잠근 채 곧바로 커서를 머리에서 뽑아 상점으로 이동했다.

인벤토리에 아이템이 넘쳐나 정리를 해야 할 시점으로 판단한 것이다.

잡템들 중에서 중복되는 물건들을 중심으로 정리를 했는데 제법 그 양이 만만치 않았다.

보통 몬스터의 가죽이나 뼈처럼 일반적인 부산물들은 박 노인에게 넘겼지만, 그 외의 물건들 특히 죽이고 생성되는 아이템의 경우엔 현실에서 전혀 유통되지 않는 것들이라 모두 모아만 두고 있었다. 그런데 그것들도 한동안 정리하지 않았더니 양이 엄청났던 것이다.

[모두 4,584골드입니다.]

상점의 금발 소녀가 밝게 웃으며 말했다.

참고로 여자의 이름은 제나다.

역시 금발이라 그런지 이런 외국 이름이 어울리는 소녀였다.

"히야. 그렇게 많나?"

[각성자님이 성실하게 사냥한 덕분입니다.]

"그럼. 성실했지."

[네. 앞으로도 수고해 주세요.]

현실의 돈으로 환산하면 4,584만원.

하지만 여기서 중요한 사실은 현실 돈이 골드로 환전이되지 않는다는 점이다.

그렇다는 건 결국 골드의 가치가 월등히 높다는 것이다.

이를테면 이곳에서 판매하는 물건일 경우 가령 10골드에물건을 샀다고 쳤을 때 현실에서도 10만원이냐고 하면 절대 그렇지가 않다.

세배는 예사고 심지어 10배 이상의 가치가 있는 것도 있다.

그러니까 10골드의 가치를 가진 물건이라도 실제로는30만 원짜리의 아이템일수도 있고 혹은 100만 원 이상일수도 있다는 얘기다.

그렇게 생각하면 지금 환산된 4,584골드는 단순히4,584만원으로 생각할 수가 없는 것이다.

하지만 이것을 돈으로 생각하지 않기로 했다.

어차피 현실의 돈으로 환전하지 않을 작정이니 그냥 게임머니 정도로 편하게 생각하기로 한 것이다. 물론 게임머니라고 하기엔 가치가 월등하기는 하지만 말이다.

어쨌거나 이젠 보유한 총 골드가 8천 골드 가까이 된다.

그동안 유정상은 자신이 부지런히 노가다 한 보람이 있는 것 같았다.

[이번에도 구입하실 건 없으신가요?]

팔기만 했으니 당연한 반응이었다.

"일단 구경은 해볼게. 내 레벨이 좀 올랐으니까 구입 가능한 물건들도 늘었겠지?"

[네.]

그렇게 웃으며 말한 제나가 여러 가지 아이템들을 나열해 보여주었다.

확실히 레벨이 제법 오른 탓인지 처음 보는 아이템들이 즐비했다.

물론 황당한 아이템도 많았고, 가격에 비해 비효율적인 것들도 제법 있었다. 정말이지 정신 차리지 않고 구매하다 보면 바가지 쓰기 딱 좋았다.

"너무 비싼 거 아니야? 좀 깎아 주면 안 돼?"

[저희는 정찰제입니다.]

"끄응. 여긴 정말 유도리라는 게 없어. 이래서야 내가 쉽게 살 수 있겠냐고."

[저는 그저 판매를 담당하는 역할일 뿐이라 가격을 마음 대로 조율할 수가 없어요.]

"뭐, 대충 눈치는 채고 있었어. 그 정도는."

역시 씨알이 먹히지 않는다.

불만 어린 표정으로 다시 아이템을 살피는 유정상.

그를 여전히 싱글거리면서 바라보는 제나.

그런 시선을 전혀 신경 쓰지 않고 아이템의 살피던 유정 상의 눈에 뭔가가 걸려들었다.

"불꽃의 조각이라고?"

마치 불처럼 너울거리는 붉은 빛을 머금은 보석이었다.

[네. 소켓 장착형 아이템 이에요.]

"지금 내가 가진 물건에도 장착이 된다는 거야?"

[잠깐만요.]

유정상의 인벤토리와 착용 아이템으로 따로 분류되어 있 는 것들을 살펴보았다.

제나가 자신의 아이템들을 확인하는 모습이 조금은 이질 적이지만 그렇다고 해서 특별히 거부감이 드는 건 아니었다.

[이네크의 반지로군요.]

"가능해?"

[네. 소켓이 세 개나 있는걸요.]

"그래?"

하지만 유정상의 눈엔 전혀 보이지 않으니 알 수 없는 일 이었다.

"장착하면 어떻게 되는 거야?"

[성능이 추가되는 거예요. 가령 이 불꽃의 조각은 불속성 데미지를 추가로 상대에게 입힐 수 있으니까 그 능력이 더해지겠죠.]

"그런 원리구만."

이런 게임식 아이템을 사용해 본 일이 없었으니 당연한 일이었다.

현실에서 이런 식의 마력을 이용한 아이템은 정말 희귀하고 드물다.

특히 일상적인 아이템은 아예 전무했고, 보통은 공격용 무기나 방어 갑옷에 적용되는데, 그것도 워낙 드문 일이라 헌터 생활 20년 동안 실제로 본 건 한 번도 없었으니 말이다.

듣기론 3급 이상의 헌터들이 사용하는 공격 무기나 방어구에 마력이 적용되어 있는 경우가 대부분이라고 했었다.

하지만 그것도 잘 알려져 있지 않아 정확한 내용은 유정상도 자세히는 알지 못했다.

실제로 4급 이상의 헌터들이 활동하는 것에 대해선 국가 차원에서 기밀에 부치고 있었기 때문이다.

"그러니까 가격이 보자…… . 엑, 2만 골드라고?"

다시 한 번 말하지만 단순히 환산해 2억이 아닌 것이다.

[가격에 비해 효율이 높은 아이템이죠.]

"그럼 이게 싸다고 말하는 거야?"

[그럼요.]

"아파트 값인데?"

[네?]

"크음. 아니야."

그래도 나름 욕심이 나는 아이템이었다.

이네크의 반지에 장착할 수 있다면 펀치의 파괴력이 현저히 늘어날 것이기 때문이다.

"어떻게 조금 깎아줄 수는 없을까? 8천 골드 정도로."

[안됩니다. 그리고 그건 조금이 아니죠.]

"쳇! 역시 융통성이 없어."

❖ ❖ ❖

던전의 핵 문제를 처리했으니 다음 던전을 공략하기로 했다.

어쨌든 던전의 핵을 안정화 시킨 덕분인지 모래공벌레의 모습은 더 이상 보이지 않았고, 갑자기 2성급으로 승급되는 바람에 가뜩이나 찾는 사람이 없던 던전이 더 휑해졌다.

결국 얼마간의 시간이 흐른 다음에 다시 1성급으로 내렸다는 정보를 확인하기는 했지만, 유정상은 더 이상 그곳에 갈 생각은 없었다.

처음에야 돈 때문이었다지만 돈도 어느 정도 들어오고 나니 이젠 목표가 달라진 것이다.

더 강한 던전 공략.

사람이란 입장이 바뀌면 생각이 바뀐다.

먹고 살기 힘들 땐 오로지 돈만을 위해 움직였지만 그것도 어느 정도 해결되니 정말 하고 싶은 데로 움직이게 되었다.

어찌되었건 이번에는 2성급 던전을 물색할 때였다.

유정상은 인근에 있는 2성급 던전에 대한 정보를 확인해 보았었다. 일단 가까운 거리에 있는 걸로 두 개를 선정했는데 나름 무난한 레벨의 몬스터가 있었고, 난이도도 평범한 수준이었다.

하나는 평범한 수준으로 평가되고 있었는데 나름 찾는 각성자들도 제법 있는 곳인 것 같았다.

두 번째는 2성급 던전이면서도 난이도가 높아 애매한 곳이라는 평가였다. 나오는 몬스터의 수준도 높은데다가 까다롭기는 한데 얻을 수 있는 전리품이 적어서 이곳도 어쩐지 완전히 파리가 날리는 곳처럼 보였다.

하지만 독특한 사냥방법을 보여주기 싫었기에 사람이 많은 곳은 조금 꺼려졌고 난이도야 큰 상관이 없던 유정상은 그냥 두 번째 장소를 다음 목표로 정했다.

그런데 생각하지 못한 일이 벌어졌다.

[다음 미션 장소가 정해졌습니다.]

커서의 움직임을 숙달시키기 위해 혼자 집에서 볼펜을 들어 글자를 쓰는 연습을 하고 있을 때였다.

갑자기 커서가 연필을 떨어뜨리며 허공으로 올라가더니 부르르 떨고는 미션을 하달하는 게 아닌가?

"다음 미션 장소? 갑자기 뭔 소리야?"

[위치는 …….]

황당하게도 미션이 있을 장소를 좌표로 알려주었다.

"뭐야? 던전도 내 마음대로 결정하지 못하는 거냐?"

인터넷으로 대충 위치를 확인해보니 집에서 제법 떨어진 곳이었다.

아직 정체파악도 끝나지 않은 신기한 존재인 커서가 주는 미션을 무시한다는 건 유정상의 입장에선 불가능했다.

일단 하긴 해야 할 텐데 지금 지도에 보이는 위치는 대중 교통을 이용하기에 좀 애매한 장소였다.

"어쩔까나?"

고민을 하다 결국 자동차를 구입하기로 결정했다.

어차피 자동차 구매를 고려하고 있었기 때문에 유정상은 마음을 정하자마자 곧바로 실행에 옮겼다.

이미 통장에도 제법 많은 돈이 쌓여 있었고, 당장 크게 쓸 일도 없으니 문제될 것은 없었다.

가벼운 운동복 차림으로 집에서 나온 그는 가장 가까운 자동차 매장으로 찾아가 적당한 놈으로 골라보았다.

아무래도 유정상의 입장에서는 과거의 차들이라 그런지 고급차건 아니건 거기서 거기였기에 굳이 특별한 걸 고를 생각은 없었다.

처음에는 그냥 굴러가기만 하면 상관없지 않을까 싶었지만, 막상 차를 보니 용도에 맞는 걸로 골라야겠다는 욕심이 생겼다.

아무리 인벤토리가 있다고는 하지만 던전에 가려면 이래저래 필요한 물건들이 많았기 때문이었다.

또한 몬스터 사체의 부산물을 실어야 할 때도 있었으니 일반 세단 종류로는 조금 불편할 것 같아 결국 짐을 많이 실을 수 있는 SUV로 정했다.

사실 따지고 보면 이정도 공간이야 인벤토리에 비하면 아무것도 아니었지만, 간혹 자신의 능력을 숨기기 위해서라도 물건을 차에 실어야 하는 상황이 생길 수도 있었다.

일종의 코스프레라고도 할 수 있지만, 뭐 사람 사는 일이 다 그렇듯이 아무리 독불장군이라고 해도 다른 이들을 전혀 의식하지 않고 살 수는 없는 일이기 때문이다.

어쨌거나 그렇게 얼렁뚱땅 새 차를 구입해 버렸는데 사실 새 차라고는 해도 이미 미래의 자동차로 눈이 높아진 유정상에게는 전혀 기대에 미치지 못했다.

그가 9급이라는 하급의 능력자이긴 했어도 중고차는 끌고 다녔었고, 그 중고차라는 것도 앞으로 15년 후에나 나올 미래 기술의 자동차이기 때문이다.

하지만 그런 유정상과 달리 누나는 새 차를 보고는 어린 아이처럼 좋아했다.

"이게 우리 차야?"

"정확히 해야지. 우리가 아니라 내 거라고."

"째째하네. 그냥 우리 걸로 치자."

"그렇게는 못하지."

"쳇. 그렇게 따지면 네 것이 아니라 회사 물건 이잖아."

"그건 아니지. 내게 준 거니까 내 거가 맞지."

가족에게는 취직한 길드에서 구입해 준 출퇴근용 차량 정도로 말했는데 의외로 쉽게 믿어줬다. 그들에게 헌터라는 인간들은 돈을 팍팍 물 쓰듯 하는 인간 정도로 여기는 것 같았다.

진실이 뭐가 되었건 차가 있으니 확실히 편해졌다.

차를 산 기념으로 어머니와 누나를 태우고 가까운 공원을 한번 돌아본 다음에 오랜만에 영화나 볼 겸해서 극장에 들렀더니 그렇게 좋아할 수가 없다.

행복해 보이는 어머니의 모습을 보면서 왜 예전엔 이런 것 하나 해드리지 못했나 싶은 생각에 후회가 밀려왔다.

특히나 주차를 하고 내릴 때, 어머니가 몇 번이고 차를 둘러보며 '이게 정말 우리 차구나' 하며 감격까지 하시는 모습을 보니 더욱 짠한 기분도 들었다.

다음날.

유정상이 운동을 위해 새벽 5시에 일어났는데 어머니가 이미 부엌에 계셨다.

"새벽부터 뭐해요?"

"응. 아침 준비."

"엥? 이렇게 일찍부터?"

"그래도 네 첫 출근이잖니. 이렇게 좋은 날 잠이 와야 말이지."

어머니의 말에 머쓱해진 유정상은 머리를 긁적이며 그대로 집을 나섰다.

그리고 아침 운동을 마치고 돌아오자 어느새 아침 준비가 끝나 있었다. 어느새 누나 정인도 일찍 일어나서 같이 이것저것 준비한 모양이었다.

"이게 다 뭐야?"

밥상에 음식이 잔뜩 차려져 있다. 예상보다 훨씬 푸짐한 양과 다양한 종류에 상다리가 휘어질 것 같았다.

"첫 출근 기념 아침 식사!"

"배 터뜨려 죽일 심산이야?"

"기념이잖아. 기념. 양껏 먹어."

"꺼억!"

아침부터 과식을 했더니 계속 트림이 올라왔다.

"거참. 그렇게 정성을 들여서 차려놓은 걸 안 먹을 수도 없고."

어머니가 좋아하는 모습을 보고 살짝 분위기를 타는 바람에 아침부터 너무 무리하게 많이 먹어버린 것이었다.

계속 트림을 하며 운전하는 동안 어느새 목적지인 던전 인근 지역에 도착했다.

이곳은 원래 공장들이 즐비하던 공단 지역이었는데 던전이 생겨나며 주변이 황폐화 된 곳이었다.

던전이라는 것이 생성되고 나면 그 특유의 에너지 파장으로 인해 주변에 변이를 일으키는 동물들이 생겨나고 그것에 자주 노출되면 인간에게도 좋을 것이 없으니 당연히 인근 공장들이 모두 빠져 나간 것이다.

물론 상주하는 공무원들이야 정부에서 제공하는 완화제라는 특수 알약을 처방받고 있으니 별 문제는 없다. 하지만 그것도 일반인들이 구입하기엔 가격이 만만치 않았다.

아무튼 정부에서는 이런 일이 생길 때마다 던전 주변 건물주나 지주들에게 나름 보상처리를 하고 있었지만, 보상액수가 너무 적어서 갈등이 많은 것도 사실이라 이 문제가 뉴스에서도 자주 다뤄지기도 한다.

특히나 던전 주변 600미터까지만 보상한다는 규정 때문에 외각에 있는 사람들은 아예 보상 자체를 받기가 어려웠기에 이 문제도 논란이 되고 있었다.

애초에 600미터가 무엇을 근거로 정해진 것인지조차 불분명했다.

물론 정부 관계자의 말에 따르면 던전의 에너지 반경은 500미터지만 안전을 위해 600미터로 늘렸다는 게 그들의 입장이었다.

하지만, 미래에는 던전마다 그것이 다르다는 사실을 일반인도 알 정도의 상식이 된다.

그리고 십여 년 후에는 던전 입구마다 에너지가 퍼져나가지 않게 억제해주는 '베이더'라는 전자장비가 개발되기 때문에 던전이 일반 주택가에도 버젓이 존재하는 일도 있을 정도로 현재와는 확연히 다른 환경인 것이다.

참고로 '베이더'라는 기계를 만든 인간이 스타워즈 덕후였다는 소문도 있지만 소소한 이야기에는 관심이 적었던 유정상은 정확한 것을 알지는 못했다.

어쨌든 황량한 공단지역에 들어서니 모든 것이 을씨년스러웠다.

주변엔 굴러다니는 쓰레기, 폐공장에서 풍기는 악취 때문에 사람들이 모이기도 어려울 것 같았다.

"냐오옹!"

"찍! 찍!"

변이로 인해 거대화된 몬스터 쥐와 검은 고양이가 서로 으르렁대며 싸우는 모습이 보였다.

덩치는 쥐 쪽이 조금 더 우세해 보이지만 고양이도 자존심 때문인지 물러서지 않는 모습이다.

호기심에 도로가에 잠깐 차를 세우고 지켜보고 있으려니까 곧 다른 쥐들도 모습을 드러냈다.

검은 고양이가 순식간에 궁지에 몰렸다.

"정정당당하게 붙어야지 왜 끼어들어."

유정상이 그쪽으로 커서를 보내 다른 쥐들을 일일이 드래그로 멀리 날려버렸다.

"찍찍!"

몬스터 쥐들이 사방으로 날아다녔다.

주변이 정리되자 검은 고양이와 커다란 쥐의 혈투가 시작되었다.

우당쿵탕!

"냐아옹!"

"찍! 찍!"

"톰과 제리…… 냐?"

하지만 유정상의 장난스러운 말과는 달리 두 마리의 싸움은 그야말로 처절 그 자체였다.

마음 같아서는 좀 더 고양이를 도와주고 싶었지만 자신도 이곳까지 놀러온 것은 아니라서 지나가는 길에 잠깐 도와주는 정도의 참견만 하고 액셀레이터를 밟았다.

어차피 던전의 주위는 살아남을 놈은 도와주지 않아도 살아남고 죽을 놈은 힘껏 도와준다고 해도 결국은 죽을 수밖에 없는 처절한 곳이다.

유정상이 찾아온 이번 던전의 이름은 '죽음의 사자 던전'이다.

죽음의 사자 길드가 처음 보스몹을 잡은 곳이라 이렇게 이름이 지어졌다.

일반적으로 보스가 잡히지 않은 던전의 경우 처음 보스 몹을 잡은 길드에 의해 이름이 정해지는데 여러 개를 정복한 길드의 경우엔 자신들의 길드 이름으로 된 던전 수십여 개를 가진 곳도 있었다.

가령 '바다새 던전 1호'라는 식으로 말이다.

그리고 드문 경우기는 하지만 개인 자격으로 보스몹을 잡는 경우 개인의 이름이 붙여지기도 한다.

어느새 던전 근처에 도착했다.

끼익.

주변에는 을씨년스럽게 둘린 철조망과 함께 사무실이 보인다.

전혀 인적이 없어서 다 무너질 것처럼 낡고 휑한 건물들만 보다가 갑자기 사람들의 흔적이 느껴지는 현대식의 2층 건물이 보이니 뭔가 이질적이긴 했다.

십여 대의 차가 주차되어 있는 주차장의 한쪽 구석에 차를 세워 둔 유정상은 건물 앞으로 다가갔다.

이층엔 주변을 살피기 위한 망루대가 만들어져 있고 1층은 들어가는 사람들과 나오는 사람들을 위해 각각 다른 출입문이 있었다.

입구 사무실 철창 안으로 깐깐해 보이는 남자 직원이 있었다.

그는 뭔가 바쁜지 정신없이 키보드를 두드리며 모니터에만 열중하고 있었다.

"던전에 들어가려고 합니다만."

유정상의 말에 그는 고개를 들지도 않고 물었다.

"확인서나 등록증을 갖고 계십니까?"

"여기."

동사무소에서 발급받은 확인서를 내밀었다.

이래저래 활용성이 많은 물건이었다.

대충 그것을 확인하더니 무심한 얼굴로 고개를 들어 유정상의 주변을 대충 살피더니 살짝 의아한 표정으로 물었다.

"혼자신가요?"

"네."

무덤덤한 대답에 살짝 갸웃하더니 확인서를 다시 본다.

명색이 3성급 던전인데 확인서정도만 제출하는 헌터, 거기다 혼자라니 위험한 거 아닌가 싶어서였다.

그리고는 자신이 상관할 일이 아니라고 생각했는지 어깨를 한번 으쓱하고는 말했다.

"입장료는 100만원입니다."

앱으로 미리 가격을 알아두기는 했지만 3성급 던전이라 그런지 역시 만만치 않은 가격이다.

대충 검은색의 던전 슈트로 갈아입었다.

지금 그가 입고 있는 던전 슈트는 눈속임용으로 사실은 헌터 마켓의 뒷골목 의류 상점가에서 산 중국산 짝퉁이었다.

이 검은색 옷은 겉모습만 헌터 슈트일 뿐, 방어복으로서의 기능은 전혀 가지고 있지 않다.

하지만 이거라도 입고 있어야 다른 사람들의 관심을 피할 수 있을 거라 판단했기 때문에 유정상은 이 짝퉁 던전 슈트를 일종의 출근복쯤으로 이용하고 있었다.

던전에 들어서자 정글지대가 펼쳐진다.

그리고 이미 설정한대로 짝퉁 헌터 슈트가 순식간에 지옥귀 슈트로 바뀐다.

이미 착용하고 있던 반지나 팔찌의 경우도 던전을 나갈 때 해제되지만, 들어오면 다시 자동으로 몸에 장착이 된다.

모두가 커서로 지정할 수 있는 편의기능이었다.

"삐이이이!"

어느새 땅을 뚫고 올라온 백정이가 펄쩍 뛰며 소리쳤다.

던전에 들어가자마자 자동 소환된 모양이었다.

"몸은 괜찮냐?"

혹시라도 지옥귀와의 싸움으로 인한 후유증이 있을까봐 걱정하며 물었다.

백정은 끄떡없다는 듯 뒤로 텀블링까지 하는 재주를 보이며 건장함을 과시했다.

"삐이이이!"

"그래. 다행이다."

백정이의 머리를 스담스담 하고는 곧바로 주변을 경계하며 살폈다.

정글이 사방으로 펼쳐져 있는 곳이었다.

분위기로 보면 각성하기 전에 처음 들어갔던 곳과 비슷한 분위기다.

[미션]

던전을 제대로 찾아온 건 맞는 것 같았다.

['영혼의 휴식처' 를 만들어라.]

['영혼의 휴식처' 를 만들기 위해서는 '활력의 불꽃' 이 필요하다.]

[미션을 해결하지 못할시 3레벨의 레벨 하락과 함께 소지금 5,000골드가 소멸된다.]

[미션수행까지 남은시간 1일]

[미션을 수행할 아이템이 주어집니다.]

곧바로 인벤토리에 황금색의 안경이 생겨났다.

뜬금없이 안경이 주어지자 조금 황당했지만 더 중요한 건 지금 눈앞에 주어진 미션의 내용이다.

"영혼의 휴식처? 뭐야 그게."

이제까지 수많은 던전을 들락거렸지만 저런 게 있다는 사실은 들은 바도 없다. 애초에 영혼의 휴식처라는 게 뭔지도 모르고.

그런데 문제는 남은 시간이 하루밖에 되지 않는다는 사실이었다. 그렇다는 건 오늘 들어온 김에 끝장을 봐야 한다는 것이다.

마무리 짓지 못하고 밖으로 나갔다가 다시 들어와 해결하기엔 너무 시간이 빠듯하니 당연한 일이었다.

거기다 일단 미션이 떨어진 이상 그냥 무시할 수는 없는 일이다.

"그래. 3레벨의 손실과 5,000골드를 잃을 수는 없지."

레벨 손실도 문제지만 5000골드면 현금으로 쳐도 5,000만원이 된다. 절대 잃을 수도, 잃어서도 안 되는 것이다.

"일단 장소라는 건 알겠는데, 이걸 어디다 만들어야 하는 거지?"

커서를 올려다보며 유정상이 말했다.

커서는 평소처럼 아무런 말도 없이 그저 방향만을 가리켰다.

"에휴. 넌 그냥 보스가 있는 곳을 가리킬 뿐이겠지?"

"삐이이이!"

"네가 왜 대답하는 거야?"

"삐이이!"

"큭큭. 그래그래. 알았다."

그렇게 대답하고는 인벤토리에 들어간 안경을 확인했다.

[코슘의 안경]

[대지의 수호령인 코숌의 안경]
[땅의 기운을 확인할 수 있다.]
[내구력: 1/1]

"오호라. 이걸로 장소를 찾는 거군."

곧바로 그것을 눈에 끼우자 주변이 어두워지며 땅의 기운이 옅은 녹색으로 표시되었다.

하지만 내구력이 낮아 계속 끼고 있을 수는 없는 일이었다. 이런 걸 차고 혹시라도 몬스터를 만났다가는 금방 부서질 테니까.

물론 시야가 어둡기 때문에 싸움은커녕 이동에도 방해가 될 테니 일단은 인벤토리에 넣어두었다.

어쨌거나 '활력의 불꽃'을 먼저 찾아야 할 상황이다.

하지만 던전에 들어오면 가장 먼저 할 일은 그냥 커서가 가리키는 방향으로 이동하는 것이다.

유정상은 미션이 뭐가 되었건 일단 보스를 잡는 게 지름길이라고 판단한 것이다.

어디 있는지도 모르는 '활력의 불꽃'을 찾아 넓고도 넓은 던전 속을 무작정 헤맬 수는 없는 일이 아닌가.

일단 보스가 있는 장소로 이동하면 뭔가 나와도 나오지 않겠나 싶었던 것이다.

앞전 사막던전처럼 시야가 확보되어 있는 곳이 아니기 때문에 경계를 늦출 수는 없다.

그러나 큰 위험은 기본적으로 커서나 백정이 담당했고, 어지간한 건 유정상의 감각에도 잡혔다.

[경고. 몬스터 출현.]

역시나 들어온 지 몇 분 지나지 않아 커서가 경고를 했다.

유정상이 몸을 낮추며 사방을 두리번거렸다.

백정도 뭔가를 느꼈는지 잔뜩 털을 세웠다.

"캬아아. 캬캬."

처음 맞부딪친 몬스터는 바늘도마뱀이었다.

[바늘도마뱀]

[레벨: 5]

[공격력: 130]

[방어력: 140]

[생명력: 880/880]

[힘: 35]

[민첩: 27]

[체력: 50]

[지능: 5]

피부에 고슴도치처럼 바늘이 잔뜩 돋아난 형태의 도마뱀

으로서 성격이 포악하고 동작이 빠르다. 노련한 8급 헌터라면 세 명 이상 모여야 상대가 가능한 놈이었다.

놈이 유정상을 확인하자마자 아가리를 벌린 채로 무섭게 달려들었다.

뒤뚱거리기는 했지만 동작이 생각 이상으로 빨랐다. 곧바로 유정상이 빠르게 뒤로 몸을 빼며 커서로 놈을 잡았다.

"캬아!"

갑자기 보이지 않는 힘에 의해 저지당하자 놀란 녀석이 소리를 질렀다.

그리고는 입안에서 바늘을 뱉었다.

하지만 유정상이 반사적으로 주먹을 내질러 그것을 쳐냈다.

탓!

그리고 곧바로 놈의 머리통에 주먹을 내질렀다.

퍼억!

"캬우우!"

거리가 5미터 가량 떨어져 있기는 했지만 주먹의 파괴력에 단숨에 생명력 200이상이 깍였다.

놈에게는 엄청난 충격이었음이 틀림없다.

역시나 그 충격에 제대로 몸을 가누지 못하며 머리를 흔들었다. 그것을 본 유정상이 다시 한 번 펀치를 날렸다.

퍼억!

"케에엑!"

놈이 비틀거리기 시작했다.

그사이 인벤토리를 열어 귀기소드를 꺼내 곧바로 녀석의 머리에 박아 넣었다.

푸슉.

"카아!"

쿠웅!

머리 위에 귀기소드가 박히자 머리가 땅에 쳐 박히며 그대로 바닥에 고정되어 버렸다.

입을 잔뜩 벌리고는 뻐끔거리고 있었지만 몸은 발버둥을 친다.

그리고 1분 정도의 시간이 흐르자 곧 그 움직임도 결국 멈추었다.

놈의 주위에 동전 주머니와 날카로운 창, 그리고 이상한 아이템 몇 개가 보인다.

특히 식기처럼 생긴 아이템을 보며 설마하는 생각으로 커서를 가져갔다.

[와이번본 냄비]

[냠냠 플레이어의 냄비]

[냄비에 음식물을 넣고 조리를 하면 독성이 제거된다]

[개똥풀 후추]

[냠냠 플레이어의 향신료]

[밋밋한 요리에 풍미를 더해준다.]

"얼래?"

아이템이 조금 유별난 것들이 간간이 나타나고 있기는 했지만 그래도 냄비와 향신료라니, 놀라움을 넘어 황당하기가 그지없었다.

일단 그것들을 인벤토리에 넣었다.

날카로운 창의 경우엔 바늘도마뱀의 발톱으로 만든 거라 제법 강도가 높은 것이라 만족했지만 역시 냄비가 신경 쓰였다.

"설마, 여기서 음식을 해먹을 수 있다는 건 아니겠지?"

호기심이 발동하니 궁금해진다.

일단 주변을 살펴 대충 안전해 보이는 자리를 찾았다.

커다란 바위들 사이에 있는 엄청난 크기의 나무 밑둥이 있는 곳을 발견해 그곳으로 이동했다. 나무 밑둥 사이에 조그마한 굴이 만들어져 있다.

이 정도라면 눈에 잘 띄지도 않을 것이고 냄새도 주변의 공기 흐름상 흩어버리기 좋을 것 같다.

팟!

"찍!"

곧바로 근처에서 '정글 큰 쥐'를 창으로 잡아 그곳으로 돌아왔다.

물론 그 다음은 당연히 백정에게 맡겼다.

"삐이이."

슥삭. 슥삭. 슥사삭.

순식간에 고기와 가죽을 분리시키는 녀석의 기술은 그야말로 예술의 경지였다.

가죽은 일단 인벤토리에 넣어두고 단검으로 내장을 대충 제거한 후 적당한 양의 고기를 냄비에 담았다.

주변을 살피고는 불을 지피려고 하는데 냄비에 열이 오르기 시작한다.

"응?"

마치 전기 냄비처럼 자체적으로 열이 올라 음식을 익히기 시작한 것이다.

그런데 더 황당한 건 마나가 줄어든다는 사실.

많은 양은 아니라 크게 문제될 것은 없지만 그래도 마나가 줄어드는 방식이라니 의외였다

하지만, 이런 곳에서 불을 지펴 음식을 하는 것이 위험하다는 걸 생각해보면 굉장히 효율적이다.

어쨌거나 고기에서 흘러나오는 육즙이 냄비에 차오른다.

냄새가 생각 이상으로 좋다.

향신료를 조금 뿌려보았다.

향신료에서 풍기는 냄새가 노린내를 없애며 요리에 풍미를 더했다.

요리를 하는 동안 사라져 있던 백정이 어느새 나타나 뭔가를 열심히 먹고 있는 모습이 보였다.

구더기를 닮은 갈색 피부의 벌레를 맛있게 먹고 있었는데 구수한 요리의 냄새에도 별다른 반응을 보이지 않고 있다.

오히려 구더기 쪽이 훨씬 좋은 탓인지 정신없이 먹고 있다.

"응? 벌써 된 건가?"

냄비의 열전도율이 좋은 것인지 생각보다 요리가 빨리 되었다.

칼로 고기를 찔러 보니 속까지 제대로 익었다.

"이거 정말 먹어도 될까?"

고기를 단검으로 찍어 눈앞에 놓고 바라 보니 꽤나 먹음직스럽다.

언뜻 봐도 일반적인 고기와 별다를 것이 없다.

사실 몬스터 고기를 먹어본 사람이 없는 것은 아니다.

그러나 그런 사람들의 대부분이 복통에 시달렸고, 심할 경우엔 목숨을 잃는 경우도 간혹 있었다. 그러니 당연히 몬스터 고기는 먹을 수 없는 것으로 인식하고 있었고 먹을 생각도 하지 않았었다.

그런데 이상한 아이템이 튀어나와 그것을 먹을 수 있다고 한다.

유정상이 만약 커서의 능력이나 아이템들을 직접 경험하지 않고 갑자기 이런 이야기를 누군가 했다면 개소리라며 싸다구를 날렸을지도 모른다.

그러나 지금은 내심 걱정하면서도 고기를 먹어봐야겠다는 생각이 강하다.

고기 한 점을 살짝 칼로 잘라 입으로 가져갔다.

쩝. 쩝.

"헉!"

순간 충격에 입을 떡하니 벌리고 말았다.

"삐이?"

백정이 유정상의 그런 모습에 고개를 갸웃거렸다.

하지만 유정상은 입을 벌린 채 얼어붙은 듯 그렇게 가만히 있었다.

마치 몸에서 영혼이 빠져나가는 것 같은 충격.

그리고 곧 표정이 밝아진다.

"맛있잖아?"

이제까지 살아오면서 먹던 고기들과는 전혀 다른 고급스러운 질감.

혀끝을 감도는 감칠맛과 개운함.

자신도 모르게 허겁지겁 먹기 시작했다.

아침을 그렇게나 과하게 먹었음에도 그 맛에 정신을 차리기 힘들었다.

그리고 정신을 차려보니 눈앞에 냄비가 깔끔하게 비워져 있었다.

그래서일까 순간 흠칫했다.

"이거 이렇게 막 먹어도 되는 건가?"

과식? 비만?

아니다.

몬스터의 고기니 독성이 있을지도 모른다는 걱정이었다.

하지만 그럼에도 너무 맛있다.

그런데 그때였다.

[냠냠 플레이어의 음식을 섭취하셨습니다.]

[포만감이 오릅니다.]

[하루 동안 방어력 20이 오릅니다.]

"방어력이 오른다고?"

곧바로 자신의 상태창을 불렀다.

[이름: 유정상]

[직업: 커서마스터]

[레벨: 8]

[공격력: 69+180(이네크의 반지)]

[방어력: 44+280(지옥귀 슈트)+20(포만감 효과)]

[생명력: 280+80(지옥귀 슈트)/280+80(지옥귀 슈트)]

[힘: 29]

[민첩: 36]

[체력: 43]

[지능: 11]

과연 방어력에 '+20'이 되어 있다.

오히려 몸에 이상이 생기지 않을까 걱정하던 유정상은
음식에 이런 기능이 있을 거라고는 전혀 상상하지 못했다.

그리고 확실히 포만감이라는 것의 느낌도 일반적인 배부
름과는 또 다른 느낌이었다.

단순한 배부름은 귀찮음과 졸림을 동반하는 경우가 많
다.

당연하게도 몸이 소화에 에너지를 집중하니 뇌의 활동도
느려지기 때문이다.

그러나 지금의 포만감이라는 느낌은 뭐랄까, 몸의 컨디
션이 최상이 되었음을 알리는 기분 같았다.

"이거 좋은데."

유정상이 자리에서 일어나서는 곧바로 커서의 방향을 쫓
아 이동을 시작했다.

그렇게 이동 중 다시 바늘 도마뱀 몇 마리를 더 만났고,
이미 놈들과의 싸움이 익숙해진 탓에 쉽게 잡아낼 수 있었
다.

거기다 실수로 공격을 허용해도 지옥귀 슈트와 새롭게
오른 방어력의 도움 때문인지 큰 피해는 입지 않았다. 거기
다 조금이라도 생명력이 하락하면 인벤토리에 남아도는 하
급 포션을 사용했다.

그렇게 한동안 이동을 하는데 근처에서 소란스러운 소리
가 들려왔다.

서둘러 그곳으로 이동해 근처에 몸을 숨기고 상황을 살폈다.

"크아앙!"

피투성이 거한의 사내가 검을 들고 흑표범과 싸우고 있는 모습이 눈에 들어왔다. 그들 주변에 몇 사람은 쓰러져 있었고, 주변은 싸움의 흔적 때문인지 아수라장이 되어 있었다.

분위기로 보니 아마도 흑표범에게 습격을 받은 것 같았다.

[붉은 눈 흑표범]
[레벨: 7]
[공격력: 220]
[방어력: 190]
[생명력: 712/1290]
[힘: 65]
[민첩: 39]
[체력: 85]
[지능: 7]

붉은 눈 흑표범의 경우 단독 생활을 하는 특성이 있다.

하지만 조심스러운 성격 때문에 특별히 무리한 싸움을 하지 않는 녀석이었는데 주변 상황은 조금 이상해 보였다.

온몸에 상처를 크게 입고도 무리해서 인간과 싸우는 건 보기 힘든 모습이었다.

의아한 표정을 짓던 유정상의 눈에 또 다른 뭔가가 보였다.

아수라장의 근처, 커다란 나무 구멍에 죽어 있는 두 마리의 새끼들.

그것을 보고 있으니 상황이 그려졌다.

아마도 누군가 새끼가 있는 곳에 접근해 귀한 흑표범의 가죽을 얻기 위해 새끼들을 죽인 게 틀림없으리라.

결국 눈이 뒤집힌 암컷 붉은 눈 흑표범이 제 몸도 사리지 않고 습격한 게 분명하다.

거기다 붉은 눈 흑표범의 경우엔 새끼가 어느 정도 자랄 때까지 수컷이 보금자리 주위에서 생활하기 때문에 새끼를 건드리는 건 그리 좋은 생각이 아니다.

놈들은 영악해서 상대하는 게 쉽지 않아 정말이지 까다로운 녀석들이다.

'바보같이.'

싸우는 사내가 전신에 피칠갑을 하고 있었다.

하지만 흑표범도 별로 좋은 상황은 아니었다. 놈의 옆구리에 난 상처에서 내장이 조금 튀어나와 있는 상황이니만큼 사내보다 오히려 더 아슬아슬했다.

하지만 상황이 이렇다고 해서 구경만 하고 있을 수는 없는 일.

아무리 안면이 없는 사람이라고 하더라도 인간이 몬스터에게 죽는 걸 방치할 수는 없다.

인벤토리를 열어 귀기소드를 꺼내 사내와 대치중인 붉은 눈 흑표범의 머리 위를 겨냥했다.

그리고 곧바로 녀석의 머리에 냅다 꽂아버렸다.

푸슉!

"크아아앙!"

붉은 눈 흑표범이 사내를 향해 점프를 하려다 머리가 꿰뚫리며 비명을 지르고는 순식간에 절명해버렸다.

털썩.

놈이 바닥에 쓰러졌다.

곧바로 녀석에게서 나온 아이템을 대충 살피고는 그것을 일단 입수했다.

그리고는 놈의 머리에 박혀있던 칼을 거두어 들였다.

하지만 붉은 눈 흑표범을 상대하던 거한의 사내는 피를 너무 흘린 탓인지 얼핏 봐도 제정신은 아닌 걸로 보였다. 덕분에 방금 무슨 일이 벌어진 것인지 제대로 인지하지 못한 것 같았다.

대치하고 있던 몬스터가 갑자기 비명을 지르고 그 자리에 쓰러져 버렸다는 사실만 대충 인지한 정도였다.

어찌되었건 사내는 살았다는 생각에 그 자리에 털썩 주저앉고 말았다.

"헉. 헉."

유정상이 숨어서 그를 바라보았다.

그냥 몸을 돌려 벗어날까도 생각해봤지만 사방이 피범벅
이니 조만간 다른 몬스터들이 피 냄새를 맡고 몰려올 것이
분명하다.

거기다 사내 역시도 상태가 얼핏 보기에도 위중해 보였
다.

곧바로 그에게 다가갔다.

"괜찮습니까?"

"아."

덩치 큰 사내가 화들짝 놀라며 앉은 채로 고개를 들었다.

눈에 피가 들어갔는지 제대로 눈을 뜨지도 못하고 있었
다.

정수리 부분이 찢어져 있어 그곳에서 흘러나온 피가 얼
굴을 적시고 있었던 것이다.

"당신이 도와주셨군요. 누구신지는 모르지만 고맙습니
다."

사내가 그런 꼴을 하고서도 유정상에게 진심으로 고맙다
며 고개까지 숙인다.

조금은 어이없다는 얼굴로 남자를 보던 유정상의 표정이
살짝 미묘하게 변했다.

그의 얼굴이 어쩐지 낯이 익었던 탓이다.

그리고 유정상의 눈이 곧 커다랗게 떠졌다.

"소, 송대호?"

사내가 눈을 제대로 뜨지 못한 얼굴로 놀란 표정을 지었다.

"네? 쿨럭. 저, 절 아십니까?"

놀랍게도 거한은 유정상이 기억하고 있는 사내였다.

물론 그것은 미래의 일이다.

"아, 아뇨. 예전에 인사를 한번 나눈 적이 있는 것 같아서. 아무래도 눈에 띄는 분이니. 그보다 다른 사람들을 한번 살펴봐야겠군요."

"쿨럭. 고, 고맙습니다만 아마도 모두 죽었을 겁니다."

대충 그럴 것 같아보였지만 그래도 쓰러져 있는 다섯 명의 사람들을 일일이 살펴보았다. 역시나 모두 붉은 눈 흑표범에게 목을 물려 즉사한 것 같았다.

"그렇군요."

"쿨럭."

피를 한 움큼 쏟아내는 거한의 사내.

사내는 제대로 앉아 있기도 힘든지 금방 쓰러져버릴 것처럼 보였다.

곧바로 유정상이 다가와 커서를 이용해 그의 상태를 살폈다.

[이름: 송대호]

[나이: 24세]

[직업: 검사]

[레벨: 5]

[공격력: 65]

[방어력: 55]

[생명력: 147/290]

[힘: 32]

[민첩: 26]

[체력: 38]

[지능: 10]

[상태: 과다 출혈로 생명력이 위험한 수준. 빠른 치료가
필요하다.]

생명력이 이미 반 정도 깎여 있는 상황이라 위험한 상태
였다. 그런데 더 큰 문제는 출혈 때문인지 계속 생명력이
떨어지고 있다는 사실이었다.

"잠깐 봅시다."

유정상이 송대호에게 다가가 그를 살피기 시작했다.

"전 이제 틀렸습니다. 곧 다른 몬스터들이 몰려올 테니
어서 이곳을 떠나십시오."

"가만 좀 있어봐요."

"하, 하지만."

"거 시끄럽네."

그렇게 말하고는 그를 붙잡아 바닥에 눕혔다.

"끄윽."

송대호가 고통에 신음했다.

헌터 슈트가 갈가리 찢겨져 상처에 들러붙어 있는 상황이라 제대로 상태를 확인하기는 힘들었다. 그러나 유정상은 상처를 살펴보기 위해 조심스럽게 옷을 단검으로 찢었다.

"크아아악!"

고통이 심한 탓인지 그가 비명을 지르다 곧 혼절해 버렸다.

은연중에 옷이 상처를 스친 탓이다.

대충 옷을 제거하고 상처를 살폈다.

"너무 심하잖아."

유정상이 얼굴을 찌푸렸다.

목 언저리가 심하게 뜯겨져 한눈에 보기에도 상처가 너무 심했다. 거기다 왼쪽 다리도 뼈가 드러날 정도의 큰 상처다.

먼저 인벤토리를 열어 하급의 생명력 포션을 꺼냈다.

그리고 그것을 송대호의 몸에 떨어뜨렸다.

푸시시.

전신의 상처 부위에서 연기가 피어오른다.

아마 깨 있었다고 하더라도 고통에 못 이겨 혼절했을 것이다.

한 개당 20을 올려주는 하급포션이라 8개를 사용해 기본 생명력을 완전히 채웠다.

그 상태에서 클린볼을 꺼내 다시 그의 몸에 떨어뜨린다.

전신에 퍼져나가는 푸른 기운.

곧 그의 혈색이 차츰 돌아오기 시작했다.

그다음은 출혈이 멈춘 상처 부위.

상처가 워낙 크다 보니 아물어도 보기 흉한 모습이 될 것이다.

그래서 선인장 연고를 꺼내 잔뜩 펴 발랐다.

곧 마무리를 하자 유정상의 이마에도 땀이 맺혔다.

은근슬쩍 손이 많이 간 탓이다.

"대충 끝난 건가?"

그래도 심신이 모두 지쳐 있는 상황이라 금방 깨어나지는 않을 것이다.

송대호의 치료를 마친 유정상이 일단 주변을 정리하고 사방에 흩어져 있던 사람들의 시체를 모아 땅에 묻었다.

물론 백정이가 구덩이를 금방 만들었기 때문에 일은 빨리 마무리 되었다.

"수고했어."

"삐이."

잠시 후 송대호가 눈을 떴다.

아주 잠깐 동안이었지만 자신이 지금 어디에 있는지 제대로 인식하지 못했다.

그리고 곧 자신이 혼절하기 전의 기억을 떠올리고는 곧 벌떡 몸을 일으켰다. 하지만 상처 부위가 욱신거린 탓인지

목 부위를 감싸 쥔다.

"크윽."

그런데 손에 닿는 부위가 이상했다.

상처가 벌어져 피를 쏟아내던 곳이 말끔해져 있었다.

허리 부위에 있던 상처들을 살펴봐도 마찬가지다.

특히 왼쪽 다리는 살이 왕창 뜯겨 나간 탓에 뼈가 드러날
정도였다.

그런데 그런 다리마저 말끔하게 치료되어 있다.

쓰러지기 직전에 자신은 곧 죽을 것이라 생각했었다.

그런데 이렇게 사지가 멀쩡하다니 도무지 감을 잡을 수
도 없었다.

"이럴 수가."

너무 놀란 송대호는 황당하다는 표정이 되어버렸다.

"깨어났군요."

"아."

혼절 직전에 자신을 구해준 사내가 눈에 들어왔다.

그가 깡통을 하나 내밀었다.

깡통이 익숙한 모양이다.

곧 그가 내민 깡통이 자신이 가방에 넣어온 것이라는 걸
금방 알았다.

하지만 얼떨결에 깡통을 말없이 받아들고는 그것을 내려
다보았다.

깡통에서 연기가 피어올랐다.

"⋯⋯?"

깡통 속엔 고깃국처럼 보이는 것이 들어있다.

"먹어요. 몸이 한결 나아질 테니까."

"네?"

'이곳에서 음식을 조리했다는 건가?'

그는 쉽게 수긍할 수 없는 표정이 되었지만, 눈앞에는 금방 조리된 음식이 있으니 안 믿을 수도 없다. 그건 그렇고 고깃국이라니, 던전에 고기를 반입했다는 건가 싶어 황당한 기분이 들었다. 그러나 냄새가 좋았고 입맛이 돌아 자신도 모르게 입을 가져갔다.

그리고 맛을 보자 눈이 번쩍 뜨인다.

'맛있다.'

살아오면서 이렇게 맛있는 음식을 먹어본 일이 있을까 싶을 정도로 놀라운 맛이다.

허기로 인함인지 모르지만 어쨌든 허겁지겁 정신없이 먹었다.

마치 음식 속에 빨려 들어갈 것 같은 기분에 사로잡혔다.

하지만 어느새 깡통이 깔끔하게 비워졌다.

뭔가 조금 아쉽다는 감정에 입맛을 다셨다.

"기분은 좀 어때요?"

"아, 네."

곧바로 자신의 몸 상태를 점검했다.

그런데 어찌된 걸까?

컨디션이 나쁘지 않다.

아니 나쁘지 않은 정도가 아니라 굉장히 개운했다.

괴물들에게 공격을 당했고 혼절했다가 깨어난 주제에 마치 자신의 방에서 단잠을 자고 난 아침의 느낌보다 더 컨디션이 좋은 것 같다.

'뭐지?'

모든 것이 이해하기 힘들다.

꿈일까 싶은 느낌마저 들 정도로.

"어떻게 된 거죠? 평상시에도 이렇게 좋은 컨디션은 어려운데."

하지만 자신을 구해준 사내는 그저 웃을 뿐이다.

신비한 사람이라고 생각하며 놀란 얼굴로 바라보았다.

다른 사람이었다면 유정상은 그를 이렇게까지 돌봐주지는 않았을 것이다.

대충 죽지 않을 정도의 포션 정도만 넣어주고 말았을 지도 모른다.

그러나 그는 미래에 자신이 속해 있었던 던전 레이드 소규모 팀의 리더였고, 자신의 목숨을 한 번 구해준 경험이 있는 자였다.

송대호는 항상 팀원들을 배려하는 사내였다.

초보 시절.

유정상이 몬스터에 의해 위험에 직면했을 때 자신을 구해주었고 그 일을 계기로 그의 팀에 합류했었다. 그러나 그는 결국 레이드 도중 사망했다.

결국 팀원들의 실수가 원인이었다.

이번도 아마 팀원 중 병신 같은 인간이 이런 사태를 야기했을 것이다.

그러고 보니 예전의 그는 목 언저리와 전신에 커다란 상처가 있었던 걸로 기억했다. 특히 왼쪽 다리는 의족이었다.

별명도 '외다리 송실버'였던가?

'아, 그런 것인가?'

아마도 오늘이 원인이 되어 다리를 잃었던 게 아닌가 짐작되었다. 하지만 유정상의 개입으로 인해 이 남자의 인생도 바뀌었다.

사실 이만한 능력을 가지고 있는 남자가 왼쪽 다리를 잃지 않았다면 그런 쓰레기 같은 팀이나 운영했을 리 없다.

"다른 사람들은?"

송대호가 주변을 두리번거리며 유정상에게 물었다.

이 와중에도 저런 소리다.

"묻었습니다. 아무래도 몬스터들이 모여들 수 있으니까."

그 말에 수긍하는지 고개를 끄덕였다.

"그런데 제 몸에 있던 상처는 어떻게 된 겁니까?"

"마침 치료제가 있어서 그걸 사용했습니다."

"치료제라니, 그런 걸로 치료하기엔 상처가 너무 깊었을 텐데."

"그건 개인적인 비밀이니까 더 이상 묻지 마십시오."

"……."

"그건 그렇고 귀환석은 있습니까?"

유정상의 갑작스런 질문에 송대호가 살짝 당황하며 머리를 흔들었다.

"아, 아뇨."

"그럼 이걸 사용해요."

유정상이 귀환석 하나를 내밀었다.

송대호가 잠들어 있던 사이에도 사냥을 계속 해 결국 귀환석 하나를 구했다. 귀환석이야 또 구하면 되는 거고 사실 그보다 미션을 수행하기 전에는 나갈 수도 없는 입장이니 당장은 없어도 괜찮았다.

그런데 송대호는 유정상이 내민 귀환석을 받지 않고 그저 물끄러미 얼굴만 바라볼 뿐이었다.

"왜 이렇게 친절을 베풀어 주시는 겁니까? 절 알아보셨다고 해도 사실 전 당신을 전혀 기억하고 있지 못합니다. 그럴 만한 이유가 있는 건가요?"

"있습니다."

"뭐죠?"

"그건 개인 사정이라 말씀드리기는 곤란합니다."

"……."

유정상이 생각해도 이해하기 힘든 말임에는 틀림없지만 굳이 설명하고 싶은 생각은 없었다. 설명한다고 해서 납득할 리도 없을 테고.

잠시 그렇게 유정상을 바라보던 그가 고개를 숙였다.

"감사합니다. 이 은혜 언젠가 꼭 갚겠습니다."

'갚은 쪽은 오히려 이쪽인데.'

하지만 굳이 대답하지는 않고 그냥 웃을 뿐이었다.

그리고 잠시 후 그가 다시 물었다.

"그런데 은인께서는 같이 나가지 않으십니까?"

"아뇨. 전 아직 해야 할 일이 있어서."

"혼자이십니까?"

"네."

송대호는 유정상의 말에 적잖이 놀란 표정이 되었다

하지만, 더 이상 묻지 않고 다시 인사를 했다.

"알겠습니다. 부디 몸조심 하십시오."

"네."

곧 그가 귀환석을 이용해 던전을 빠져나갔다.

그 모습을 지켜보던 유정상이 피식 웃었다.

"이런 곳에서 대호형을 만날 줄은 정말 몰랐네."

유독 자신이 믿고 따르던 사내가 송대호였다. 그런 사내가 팀원들의 병신 짓에 결국 사망하게 되어 얼마나 원통했던가.

그리고 그의 뒤를 이어 사촌동생인지 뭔지 하는 작자가 팀을 맡고 나서는 결국 무리한 운영으로 팀이 위기에 몰렸고, 자신도 팔 하나를 잃어 버려 나름 굴곡이 많았던 각성자의 생활도 종지부를 찍고 말았었다.

어쨌든 오늘 일로 그의 인생에 자신이 영향을 주게 되었다.

좋은 쪽으로든 아니든 말이다.

유정상은 한동안 그가 사라진 곳을 물끄러미 바라보고 있었다.

"삐이."

어느새 곁에 다가와 있는 백정을 내려다보며 유정상이 고개를 끄덕였다.

"그래 이제 가야지."

그렇게 말하며 숲으로 들어갔다.

그렇게 정글 숲을 걷고 있은 지도 30여 분이 지났을 무렵.

[경고: 몬스터 출현.]

그 말에 곧바로 유정상이 팔을 위로 뻗었다.

이동의 팔찌에서 튀어나온 줄이 나무 위로 뻗어나갔다.

휘리릭.

그리고 빠르게 그의 몸이 떠오른다.

그 순간 유정상이 있던 자리를 덮치는 커다란 검은 그림자.

붉은 눈 흑표범이었다.

"카앙!"

하지만 유정상이 몸을 날리자마자 붉은 눈 흑표범이 유정상을 따라 공중으로 점프했다. 워낙 뒷다리가 강한 놈이라 거의 날 듯 유정상에게 덮쳐왔다.

그러나 그런 상황에도 유정상은 냉정하게 놈을 향해 커서를 보내고는 콱 붙들었다.

"캬아앙!"

공중에서 갑자기 보이지 않는 힘에 의해 제압당하자 놈이 놀라 바둥거렸다.

유정상이 공중에 매달린 채로 커서를 이용해 놈을 땅으로 던져버렸다.

그러자 고양이과 특유의 유연함으로 몸을 뒤틀며 부드럽게 바닥에 착지하더니 유정상이 매달려 있는 나무 위로 발톱을 세우고는 그것을 타고 오르기 시작했다.

하지만 그 순간 갑자기 나타난 백정이가 놈의 다리에 칼질을 했다.

"캬앙!"

백정의 기습에 뒷다리에 상처를 입고 나무에서 떨어져 내렸다.

그때 유정상이 나무를 타고 내려가며 흑표범을 향해 펀치를 날렸다.

퍼엉!

"캬아아!"

놈이 펀치에 가격당하고 바닥에 떨어져 나뒹굴었다.

그리고 놈이 몸을 힘겹게 일으키려는 그 순간 녀석의 머리에 사정없이 꽂히는 귀기소드.

푸슉!

"크앙!"

털썩.

붉은 눈 흑표범은 그렇게 절명하고 말았다.

그 모습을 본 백정이 칼을 세우고 다가가려 했다.

"그냥 둬."

"삐?"

"나도 모르겠다."

다짜고짜 덤벼든 몬스터라 해치우기는 했지만 기분이 썩 좋은 건 아니었다.

어쨌거나 놈의 입장에선 자신의 가족을 몰살시킨 원수를 갚으려던 것뿐이었으니.

물론 유정상이 한 건 송대호와 대치중이던 암컷을 죽인 것뿐이지만, 그렇다고 해도 원수인 것만은 틀림없을 것이다.

붉은 눈 흑표범은 절대 원수를 잊는 법이 없다. 아마도 어떤 식으로든 근처에 있을 거라고 생각하고 있었기 때문에 유정상은 어느 정도 준비를 하고 있었다.

송대호와 있을 땐 두 명이라 접근하지 않다가 유정상이 혼자가 되자마자 습격한 것이다.

어쨌든 놈이 떨어뜨린 아이템은 중급의 포션 네 개에 돈주머니 몇 개, 그리고 마정석과 낡은 책이었다.

"책?"

커서로 확인해봤다.

[마나 회복의 스킬북]

[마나의 회복 속도가 20% 증가한다.]

놀랍게도 마나 회복 속도를 올려주는 스킬북이란다.

곧바로 스킬북을 실행시켰다.

머릿속이 살짝 울리는 듯한 기분.

[스킬을 익혔습니다.]

그걸로 끝이다.

시작하나 싶었는데 그렇게 마무리 되었다.

덕분에 약간은 허무하다는 생각이 들 정도였다.

어쨌든 마나 회복 속도가 오른다는 건 좋은 일이다. 던전 내에서 뿐만 아니라 바깥에서도 커서를 오래 사용할 수 있게 된다는 뜻이니까.

인벤토리의 크기가 늘어난 탓에 제법 많은 양의 아이템을 넣었지만 아직 자리가 남아돌았다. 그래도 이런 식으로 계속 채우기만 하다가는 조만간 다시 아이템 상점에서 팔아치워야 할 것이다.

다시 유정상이 커서의 방향을 확인하며 걸었다.

그리고 그렇게 한 시간 가량 몬스터들을 사냥 하며 전진한 후 드디어 새로운 영역에 들어섰다.

주변에서 풍겨오는 비릿한 냄새와 혈향이 무언가 심상치 않은 녀석의 구역임을 알 수 있었다.

몸을 숨기고 주변을 살피다 거대한 몬스터가 움직이는 것을 포착했다.

[이름: 잿빛 왕도마뱀(보스 몬스터)]

[레벨: 11]

[공격력: 280]

[방어력: 330]

[생명력: 2200/2200]

[힘: 82]

[민첩: 39]

[체력: 105]

[지능: 7]

얼핏 봐도 크기가 7미터는 되어 보이는 거대한 도마뱀이 지옥늑대 한 마리를 입에 물고 동굴 속으로 들어가는 모습을 숨어서 지켜보았다.

주변에는 놈의 영역을 확인시켜주 듯 뼈다귀들이 즐비했는데 확실히 놈의 동굴 근처엔 몬스터가 전혀 보이지 않았다.

놈을 숨어서 확인하던 유정상이 고민에 잠겼다.

보스 몬스터를 발견했는데 어떻게 싸워야 할지 감이 오지 않았다.

놈의 거대한 몸집도 그렇고 강한 피부 때문에 쉬운 싸움이 될 것 같지는 않아 보였다.

그건 그렇고 주변에 쌓인 뼈다귀들을 보며 피식 웃었다.

바닥에 떨어진 돈이나 다름없었으니까.

서둘러 커서를 움직여 뼈들을 인벤토리에 담기 시작했다.

몬스터의 뼈들이 한데 뒤엉켜 있기는 했지만, 굳이 그것을 구분할 필요는 없다.

그저 박노인에게 왕창 넘겨주고 대충 돈으로 받으면 되니까.

구분하면 더 좋은 가격을 받을지도 모르지만, 그러고 있을 시간은 없다. 물론 시간이 있어도 구분할 방법도 모르고.

그런데 그때 백정이 갑자기 어디론가 뛰어가 버렸다.

아무래도 상대가 상대이니 만큼 겁을 먹어서 그런가 싶었지만 곧 녀석이 뭔가를 입에 물고는 질질 끌며 나타났다.

"어? 그거 정글 왕파리잖아?"

백정이 끌고 온 건 이미 날개와 다리가 잘려 제구실도 못하는 정글 왕파리였다.

크기는 대략 일반 토끼보다 약간 큰 정도지만 다리에 독침이 달려있어 제법 위험한 놈이다.

그런데 이놈을 뭣 하러 끌고 왔나 생각하다 문득 생각난 것이 있었다.

"좋아."

곧 커서로 정글 왕파리를 잡아 들고는 입구 주변에 이리저리 움직였다.

멀리서 보면 마치 정글 왕파리가 동굴 주위에서 앵앵거리며 날아다니는 듯 보일 것이다.

"크렁!"

역시 동굴 안에서 반응이 왔다.

휘리릭.

뭔가가 빠르게 왕파리 쪽으로 날아들었다. 유정상이 반사적으로 커서를 움직여 그것을 피해냈다.

"크러러렁!"

동굴 속에서 더욱 흥분한 소리가 들린다.

그리고 다시 도마뱀의 혀가 튀어나온다.

휘리릭.

이번에도 잽싸게 피해 내자 동굴 속이 요동쳤다.

"크러렁! 크러렁!"

그리고 곧 동굴 밖으로 잿빛 왕도마뱀이 머리를 내밀었다.

그러더니 시선이 정글 왕파리에게서 고정되어 버렸다.

빠르게 이리저리 움직여 보자 녀석의 눈동자가 그것을 따라 움직인다.

놈이 미치도록 좋아하는 먹이.

그것이 정글 왕파리다.

유정상의 머릿속에도 어렴풋이나마 들어 있는 지식이었다.

그런데 그것을 태어난 지 얼마 되지도 않은 백정이가 무슨 수로 알아낸 것인지는 알 수 없다. 하지만 애초에 녀석이 태어나는 방법마저 이해할 수 없는데 무슨 상관이랴.

아무튼 놈의 시선을 끄는 것에는 성공했다.

그렇게 녀석의 눈앞에서 이리저리 움직이며 정신을 쏙 빼놓는 와중, 놈이 이번에도 혀를 날렸다.

그러나 유정상은 빠르게 그것을 피해 냈다.

'이거 은근 재밌구나.'

마치 애완고양이를 대리고 강아지풀로 장난치는 기분이랄까.

물론 잿빛 왕도마뱀을 고양이 정도로 생각하기엔 조금 무리가 있긴 하지만 말이다.

그렇게 녀석의 시선을 잡아끄는 동안 녀석이 입을 벌리며 혀를 날리는 타이밍에 조금씩 익숙해져갔다.

그리고 어느 순간 놈의 혀가 정확히 정글 왕파리의 몸에 닿았다.

탓.

그러나 왕파리가 끌려 들어가지 않자 놈이 순간 움찔거린다.

당연하게도 커서에 붙들려 있었으니 쉽게 끌려가지 않는 것이다.

"지금이야. 정!"

유정상이 백정을 부르자 땅속에 있던 백정이 불쑥 튀어올랐다.

그리고 놈의 기다란 혀 가운데로 날아가더니 슥삭 하는 소리와 함께 백정의 칼이 번쩍하고 빛이 났다.

댕강.

순식간에 놈의 혀가 잘려 나가버렸다.

"크라라라아!"

잿빛 왕도마뱀이 휘청거리며 비명을 지른다.

그리고 잘려나간 혀 부분에서 사방으로 피가 튀었다.

유정상이 잿빛 왕도마뱀의 머리 쪽으로 커서를 보냈다.

그리고는 커서로 놈의 머리를 치켜들게 했다.

놈의 목 부분이 드러나자 곧바로 그곳에 펀치를 날렸다.

퍼퍼펑!

잿빛 왕도마뱀의 머리가 충격에 뒤로 젖혀졌다.

"크라아앙!"

곧바로 에너지를 잔뜩 모아 연속 펀치를 날렸다.

퍼퍼퍼퍼퍼펑!

"크라라라랑! 크랑! 크크크랑!"

그렇게 연속 펀치 세례가 한동안 지속되었고, 마나량이 거의 바닥이 날 때쯤 펀치가 멈췄다.

그리고 잿빛 왕도마뱀을 붙들고 있던 커서도 마나 소모로 인해 놈을 놓쳤다. 그 때문에 충격으로 머리가 뒤로 젖혀진 채 한참을 흔들던 놈의 머리가 땅으로 떨어졌다.

쿠웅.

"헉! 헉!"

유정상이 숨을 헐떡였다.

그리고는 놈의 상태를 확인하기 위해 커서를 움직였다.

그런데 바로 그때.

"크라아앙!"

놈이 머리를 번쩍 치켜들더니 유정상에게 빠른 속도로 달려들었다.

거리가 그리 멀지 않아 순간적으로 달려드는 속도는 엄청났다.

순간 유정상이 이동의 팔찌를 이용해 나무 위쪽으로 회피했다.

팟!

"큭!"

하지만 놈의 거친 피부에 살짝 스치며 특유의 충격에 정신이 아찔했다.

그러나 지옥귀 슈트의 내구도만 조금 손상되었을 뿐 별다른 부상이 생기진 않았다.

"크라아아!"

흥분한 왕도마뱀이 꼬리를 휘둘러 유정상이 올라간 나무를 때렸다.

쾅!

유정상은 곧바로 다른 나무쪽으로 이동하고는 바닥에 내려섰다.

놈이 다시 유정상에게 달려들려고 하자 바닥에서 다시 백정이가 튀어나와 놈의 다리에 칼질을 했다.

슥삭. 슥삭.

"크라라라랑!"

강한 피부는 뚫지 못했지만 발가락 사이의 틈에 칼이 몇 번 들어갔는지 그곳에서 피가 튀었다.

"크라아앙!"

갑자기 등장한 조그마한 동물에 의해 자신의 행동이 저지당하자 흥분한 녀석이 날뛰었다.

그리고 바닥에서 튀어나온 자그마한 녀석을 향해 앞발을 내려찍었다.

쿵. 쿵.

그러나 백정은 빠른 속도로 땅속으로 파고들어가 버렸다.

그 때문에 흥분한 잿빛 왕도마뱀이 바닥을 몇 번 발로 내려찍다 곧이어 발톱을 세우고는 바닥을 마구잡이로 파헤치기 시작했다.

그때 유정상은 빠른 마나의 보충을 확인하고는 놈의 뒤통수에 모래 폭탄 하나를 꺼내서는 폭발시켰다.

콰아앙!

"크라아!"

이놈에게는 모래 폭탄 따위는 그저 귀찮은 정도일 뿐 그다지 큰 피해를 줄 수는 없었다. 그러나 확실히 시선 끌기용으로는 나쁘지 않았다.

놈이 유정상 쪽으로 머리를 돌린다.

그때 유정상이 귀기소드를 꺼냈다.

검은색의 날카로운 날이 번쩍인다.

슈캇.

팅!

귀기소드가 머리 쪽을 공격해 들어갔으나 튕겨버린다.

역시나 놈의 피부는 귀기소드로도 쉽게 뚫기 어려웠다.

그러나 이제까지와 달리 검에서 느껴지는 강도가 남달라 잿빛 왕도마뱀도 검이 신경 쓰이는 눈치다.

특히나 허공을 맴돌며 자신에게 접근하다 빠르게 찌르는 탓에 땅속엔 신경 쓸 틈도 없다.

그사이 다시 바닥이 움푹움푹 가라앉는 것 같더니 땅속이 왕창 꺼져버렸다.

풀썩.

"크롸아앙!"

놈의 몸이 아래로 갑자기 꺼지더니 곧 반쯤 묻혀 버리는 상태가 되었다.

백정이 땅속에서 부지런히 함정을 팠던 모양이었다.

하지만 놈의 덩치가 워낙 크다 보니 완전히 빠뜨리기엔 무리였을 것이다.

그때 마나 회복의 스킬 덕에 어느 정도 마나를 보충한 유정상이 다시 주먹을 날렸다.

파앙. 팡. 팡. 팡.

"크라아아아아!"

놈이 펀치의 충격에 다시 머리를 뒤로 살짝 젖혔다.

그때 빠르게 날아든 귀기소드가 아래에서 위로 올라가며 녀석의 목 부위를 찔렀다.

푸슈슉.

검이 놈의 목에 반쯤 박힌 상황.

더 이상 커서로 이동을 시켜보았지만 꿈쩍도 하지 않았다.

그 상황에서 유정상이 빠르게 접근했다.

놈이 고통에 고개를 이리저리 움직이며 발광을 하고 있었기 때문에 조금 위험할 수도 있었지만 지금이 기회라고 생각했기 때문이었다.

그리고 놈의 근처로 다가간 유정상이 턱밑에 박혀 있는 귀기소드를 향해 주먹을 날렸다.

파아앙!

힘을 최대한 귀기소드에 집중해 날리자 검 손잡이에

유정상의 펀치 충격이 제대로 전달되었다.

푸슉.

귀기소드가 완전히 놈의 턱밑 속으로 박히며 모습을 감추었다.

"크라아아아!"

놈이 고통을 이기지 못해 반쯤 묻힌 몸으로 발버둥을 친다.

인벤토리에서 바늘도마뱀을 죽이고 얻은 날카로운 창을 꺼내 놈의 머리 위에 박았다.

타앙!

창이 깨져 나가기는 했지만 어쨌든 놈의 머리 쪽 피부에 상처를 주었다.

유정상이 이동의 팔찌를 이용해 줄을 타고 나무 위로 올라갔다.

그리고 곧바로 뛰어내리며 놈의 머리통 상처 부위에 강력한 주먹을 날렸다.

퍼엉!

놈의 머리 쪽 상처가 더욱 벌어지며 피가 사방으로 튀었다.

더욱 요란하게 발버둥을 치며 사방으로 꼬리를 휘둘렀다.

퍼억!

순간적으로 피해 내지 못해 놈의 꼬리에 얻어맞아 유정상의 몸이 허공을 날랐다.

쿵.

"끄악!"

벽에 부딪친 유정상이 바닥에 쓰러지며 고통에 비명을
질렀다.

정말이지 지옥귀 슈트를 입지 않았다면 목숨이 남아 나
지 않았을 것이다.

그때 발버둥치던 잿빛 왕도마뱀의 움직임이 서서히 느려
졌다.

유정상이 다시 빠르게 달려들어 녀석의 머리 상처 부분
에 모래 폭탄을 집어넣고는 바로 폭발시키자 놈의 머리 윗
부분이 완전히 터져나갔다.

"카오오오!"

그렇게 몇 번 비명을 지르다 곧 머리를 땅에 떨어뜨렸다.

[레벨이 올랐습니다.]
[현재 레벨이 9가 되었습니다.]
[인벤토리 기본 규격이 확장됩니다.]
[가로, 세로, 높이가 3미터로 커집니다.]

어지간한 몬스터의 가죽은 단번에 들어갈 정도로 인벤토
리의 기본 사이즈가 확장됐다.

커다란 놈이라고 하더라도 가죽은 접을 수 있다. 아마도
지금 잡은 놈도 들어갈 게 분명했다.

그리고 놈의 죽음이 확인되는 아이템들이 주변에 떨어져 있었다.

과연 레벨 11의 보스몹이라 아이템들이 풍성했다.

금화도 잔뜩, 중급 포션과 클린 볼도 잔뜩, 도마뱀 연고라는 선인장 연고보다 한 등급 위의 치료제까지.

그런데 이번에도 색다른 아이템이 그 사이에 있었다.

검은색의 오래된 듯 보이는 열쇠 한 개와 스킬북.

[낡은 상자의 열쇠]
[오랫동안 사용하지 않아 내구력이 많이 저하되어 있다.]

뭔가 중요한 듯하지만, 무엇인지 알 수 없으니 일단 인벤토리에 넣어만 두었다.

뜬금없이 열쇠 같은 게 나올 리 없으니 뭔가 중요한 의미를 갖고 있을 지 모르기 때문이었다.

[은신의 스킬북]
[주변의 환경과 동화되어 제한된 시간 동안 은신이 가능하다.]
[마나의 에너지를 사용한다.]

"은신의 스킬북? 과연 어쌔신처럼 몸을 숨길 수 있게 해주는 아이템이구나!"

곧바로 스킬북을 사용하자 잠시 멍한 느낌이 들더니 곧
도우미의 음성이 들려왔다.

[은신의 능력을 익혔습니다.]
[은신 능력 초급]

그것을 익히자마자 그 능력을 인지할 수 있게 되었다.

유정상이 스킬을 시전했다.

그리고 주변을 돌아보았다.

과연 근처를 어슬렁거리던 몬스터들이 유정상의 존재를
인식하지 못하고 있었다.

특히나 예민하다고 알려진 쌍칼 족제비도 유정상이 코앞
까지 다가왔음에도 전혀 인지하지 못했다.

"호오, 역시."

유정상의 중얼거림에 화들짝 놀란 쌍칼 족제비가 펄쩍
뛰더니 후다닥 도망쳐 버렸다.

그러나 백정은 여전히 유정상 주위를 맴돌았다.

펫은 은신을 해도 교감능력 때문에 위치를 인식하고 있
는 것이다.

어쨌든 마나 사용량이 만만치 않아 곧 그것을 풀었다.

잠시 후 백정이가 잿빛 왕도마뱀의 가죽을 분리해내고
뼈까지 발라냈다.

과연 크기도 그렇고 단단함마저 이제까지의 몬스터와

스케일이 다른 녀석이라 그런지 백정도 제법 힘겨워하는 모습이다.

"정말 수고했어."

"삐이."

놈의 가죽을 커서로 대충 접어 인벤토리에 넣어보았다.

과연 확장의 결과인지 놈의 가죽이 통째로 들어갔다.

그리고 뼈들도 모아 넣고, 고기도 버리기 조금 아깝다는 생각에 한 덩어리만 잘라 인벤토리에 넣었다.

만약 음식물도 보관이 잘 된다면 앞으로도 자주 애용할 생각이었다.

"그럼 남은 건 미션인데 말이지."

보스몹을 사냥했지만 결국 활력의 불꽃은 없었다.

유정상의 시선이 동굴로 향했다.

잿빛 왕도마뱀의 보금자리.

활력의 불꽃이 어디 있다는 힌트도 없었으니 그나마 가장 가능성이 있는 곳은 보스몹이 있던 이곳 근처일 테고, 동굴이 가장 유력해보였다.

"들어가 보자."

"삐이."

동굴 입구에 들어서자 피비린내가 진동했다.

"윽. 냄새. 방향제라도 가져다 놓고 싶다. 진짜."

좀 전에 식사 중이던 지옥늑대의 사체도 옆에 굴러다니고 있다.

안으로 들어갈수록 뼈들이 산더미처럼 쌓여 있다.

간간이 인간의 뼈들도 보이는 걸로 봐서는 이곳까지 찾아와 놈에게 당한 인간이 제법 되는 것 같았다. 물론 놈이야 시간이 지나면 다시 리젠이 될 것이니 다시 이곳은 놈의 보금자리가 될 것이지만.

"리젠 되기 전에 뼈들은 좀 치워드리지."

유정상이 웃으며 주변에 있는 뼈들을 부지런히 커서로 클릭하며 인벤토리에 집어넣었다.

그렇게 한참을 클릭하자 곧 인간의 뼈들만 조금 남아 있고 주변이 깨끗하게 정리되었다.

유정상이 피식 웃었다.

"어째 청소부가 된 기분이네."

"삐이."

동굴 속은 생각보다 제법 깊었다.

안으로 계속 들어가다 보니 사방이 너무 어둡다.

인벤토리를 열어 발광석 하나를 꺼내 커서로 들어올려 길을 비추었다.

그렇게 안으로 들어가다 보니 바닥 쪽에 뭔가 보인다.

돌로 반듯하게 사각으로 쌓아 놓은 모습.

어째서 이런 곳에 인간이 만들어 놓은 듯 보이는 것이 있는가 싶어 그곳으로 다가갔다.

그런데 뒤쪽에는 사람이 충분히 들어갈 정도의 구멍이 뚫려 있었고 그 아래를 비추는 계단도 보인다.

"유적인가?"

던전 안에 유적이 존재한다는 이야기는 아직 들어본 적이 없었다.

몬스터만 존재한다고 알려진 장소에 유적이라는 건 정말 큰 발견이었다.

하지만, 평소에 그런 것에 별다른 관심이 없던 유정싱이라 그런 것을 보고도 그냥 별다른 생각 없이 지나쳐 버렸다.

지금 그의 머릿속엔 오로지 미션에 대한 것만 들어있었던 것이다.

호기심에 안으로 들어섰다.

좁고 습한 공기 때문에 곰팡이 냄새가 난다.

뚜벅. 뚜벅.

좁은 계단을 한동안 계속 내려가다 보니 끝에 다다랐다.

발광석으로 이리저리 비추어본다.

사방이 벽돌로 막혀 있는 제법 큰 창고 같은 공간이 눈에 들어왔다.

주변을 살펴보니 사이사이 울퉁불퉁한 형태의 기둥이 세워져 있고, 그 사이 돌로 만들어진 의자 같은 것들도 있다.

벽에는 처음 보는 문자와 이해하기 힘든 형태의 그림들.

그런 것들을 호기심 어린 눈으로 살펴보며 걷는데 벽의 끝 부분에 뭔가 보인다.

천천히 그곳으로 다가가자 의자에 앉아 있는 해골이 눈에 들어왔다.

"이런 곳에 해골이 있네."

조금 의문스럽기는 했지만 그냥 어깨를 으쓱하고 말았다.

의자를 살펴본다.

찌든 때가 덕지덕지한 낡은 의자이기는 했지만 과거엔 제법 화려한 모양이 아니었을까 짐작되는 형태였다.

그런데 해골의 발밑에 낡은 상자 하나가 보인다.

영화에서 많이 보던 전형적인 보물 상자의 모양을 하고 있다.

"아. 열쇠."

곧이어 인벤토리를 열어 잿빛 왕도마뱀을 잡고 얻은 낡은 열쇠를 꺼냈다.

그런데 그때였다.

[경고. 몬스터 출현.]

"……!"

"크아아아아!"

갑자기 의자에 조용히 앉아 있던 해골이 느닷없이 칼을 들고 유정상에게 달려들었다.

펑!

와르르르.

유정상이 반사적으로 뻗은 주먹에 박살나고는 순식간에 뼈다귀들이 바닥으로 우수수 떨어져버렸다.

"방금 뭐였어?"

"삐이?"

뭔가 대단한 놈인가 했는데 너무 히무히게 박살이 니비리는 바람에 오히려 황당한 느낌이었다.

그리고 곧 열쇠를 가지고 상자를 조심스럽게 열었다.

"헉."

놀랍게도 낡은 상자 안에 들어있는 건 푸른색의 불덩어리였다.

[활력의 불꽃]

[모든 상처와 피로를 회복시켜준다.]

[대지의 붉은 정기와 결합해야 그 기능이 발휘된다.]

"찾았다!"

유정상이 자신도 모르게 두 손을 번쩍 치켜들었다.

그리고 곧이어 커서로 활력의 불꽃을 인벤토리에 넣었다.

이제는 이 불꽃을 대지의 붉은 정기와 결합을 해야 한다고 하니 안경으로 그 장소를 찾아야한다.

유정상과 백정이 어두운 유적을 빠져나와 다시 동굴 바깥으로 나왔다.

그리고 밖으로 나오자마자 안경을 써본다.

이번에도 어두운 화면.

바닥이 옅은 녹색으로 뒤덮여 있다.

주변을 한 번 쭈욱 살피고 나서 다시 안경을 인벤토리에 넣고 이동. 그리고 확인되지 않은 장소에 도착하면 다시 안경으로 확인한다.

"어, 저쪽에 붉은 색이 보인다."

안경을 통해 주변을 살피다 붉은 색이 보이는 장소를 발견했다.

그곳으로 이동하는데 뭔가 주변이 소란스럽다.

[경고. 몬스터 출현.]

그러는 동안 원숭이 다섯 마리를 만났다.

덩치는 어지간한 고릴라 이상이었고, 힘은 말할 필요도 없을 정도로 강했다.

원숭이 몬스터 중에서도 까다로운 녀석들.

주걱턱을 가진 놈들을 보며 유정상이 머리를 긁적였다.

"귀찮게 되었네. 하필이면 깽판 원숭이라니."

유별난 행동 때문에 생긴 별명이었다.

하지만 정작 눈앞에 있는 녀석들 때문에 그렇게 말한 것은 아니었다.

문제는 그들의 영역에 발을 들였다는 것이다.

[주걱턱 침팬지]
[레벨: 6]
[공격력: 180]
[방어력: 160]
[생명력: 990/990]
[힘: 56]
[민첩: 27]
[체력: 75]
[지능: 8]

그런데 그때 나무 위에서 갑자기 한 마리가 내려와 백정이의 꼬리를 잡고 위로 올라갔다.

"삐이이이!"

백정의 비명소리.

그러나 유정상은 그것에 별로 신경 쓰지 않고 다른 녀석들만 바라보고 있었다.

슥삭. 슈슈슉.

순간 주걱턱 침팬지의 팔 한 개가 나무 위에서 떨어졌다.

"꿔에에엑!"

원숭이의 비명 소리와 함께 나무 밑으로 떨어지는 놈의 모습이 보였다.

그리고 동시에 자그마한 그림자가 나무의 가지를 밟으며 뛰어내려 온다.

백정이 날랜 움직임으로 나무를 타고 바닥으로 내려섰다.

작다고 얕본 대가가 적지 않았다.

하지만 그 덕에 네 마리가 흥분해 날뛰며 동시에 달려들었다.

유정상은 일단 한 마리를 펀치로 머리통을 부수고 다른 한 녀석은 커서로 붙잡아 나무에 처박았다.

쿵.

"꽤엑!"

한 녀석은 만만해 보이는 백정에게 달려들었지만 날카로운 백정의 칼에 접근하지 못하고 주변을 맴돌았다. 그때 유정상이 귀기소드를 이용해 다른 한 녀석의 머리를 뚫어버렸다.

순식간에 세 마리를 해치워 버렸다.

그 덕에 백정에게 덤벼들던 주걱턱 침팬지가 달아났다.

그러나 순순히 돌려보낼 유정상이 아니다.

곧바로 놈을 쫓는 귀기소드.

이내 먼 곳에서 원숭이의 비명소리가 울려 퍼졌다.

"뀌에에에에!"

원숭이 다섯 마리의 사냥을 끝내고 안경을 다시 썼다.

붉은색 원이 그려진 장소가 그의 근처에 보였다.

"저긴가?"

곧바로 그곳으로 이동.

흙바닥을 확인하고 활력의 불꽃을 꺼냈다.

그런데 그때였다.

[경고. 몬스터 출현.]

깜짝 놀란 유정상이 활력의 불꽃을 밖으로 꺼낸 채 사방을 둘러보았다.

나무 위와 땅 위에서 뭔가가 눈을 번들거리며 다가오는 모습.

한두 마리가 아니다.

주걱턱 침팬지 무리가 유정상 주위로 모여들고 있었다.

그 모습에 놀란 백정이 땅속을 빠르게 파고들어가 버렸다.

유정상은 커서에 쥐어진 불꽃을 한번 바라보다 다시 인벤토리에 넣는 것도 조금 어중간한 기분이라 일단 붉은 표시 부분이 있던 바닥에 올렸다.

그런데 놀라운 일이 벌어졌다.

불꽃이 바닥에 녹아들 듯 스며드는가 싶더니 곧바로 모닥불 같은 불꽃이 바닥에서 솟아올랐다.

화악.

하지만 놀라운 일은 그 이후에 일어났다.

다가오던 주걱턱 침팬지들이 갑자기 주변을 두리번거리기 시작한 것이다. 마치 유정상의 모습이 갑자기 보이지 않기라도 하는 듯.

곧이어 땅속에서 뚫고 올라온 백정.

녀석도 지금의 상황이 이상한지 주변에 어슬렁거리는 주걱턱 침팬지의 모습을 보면서 고개를 갸웃거린다.

"삐?"

놀란 유정상이 멍한 얼굴로 놈들을 바라보다 곧이어 바닥을 바라본다.

모닥불.

따뜻함.

영혼의 쉼터?

이곳이 미션에서 말한 장소가 아닌가 하는 생각에 미간을 찌푸렸다.

그런데 그때였다.

[미션완료.]

[영혼의 쉼터를 완성했습니다.]

[이곳은 던전을 이용하는 인간들이 쉬어갈 수 있는 쉼터가 되어줄 것입니다.]

[활력의 불꽃을 중심으로 반경 10미터는 안전지대가 됩니다.]

[모든 몬스터의 위협으로부터 자유로운 곳입니다.]

[보상으로 질풍 늘보의 문신과 8천 골드가 주어집니다.]

"헐. 대박!"

완전한 안전시내.

몬스터로부터 안전한 장소.

설마 이런 장소가 생겨날 것이라고는 전혀 예상하지 못했다.

곧이어 인벤토리에 질풍 늘보의 문신이 생겨났고, 더불어 보유 골드도 정확히 8천 골드가 늘어나 총 보유 금액은 18,425골드가 되었다. 현금으로 따지면 1억 8천만 원이 넘는 엄청난 액수다.

동물의 모습이 그려진 듯 보이는 질풍 늘보의 문신을 확인했다.

[질풍 늘보의 문신]

[결정적인 순간에 뇌 가속을 끌어올려 위험을 피하게 도와준다.]

[마나의 소모량이 많아 오래 사용하기 어렵다.]

최근 레벨이 오르면서 육체적인 능력까지 더불어 올랐기 때문에 동체 시력이나 반사 신경이 따라가지 못할 정도로 스피드가 빨라졌다.

그래서 보스몹과의 싸움에서 제대로 된 능력을 발휘하기가 어려웠다.

그런데 뇌 가속을 통해 결정적인 위기 순간 반사 신경을 극한까지 끌어올리는 스킬이라면 굉장한 도움이 될 것이다.

곧바로 질풍 늘보의 문신을 자신의 몸에 가져갔다.

팟.

순간 유정상의 눈앞이 번쩍하는 기분이 들더니 곧 다시 세상이 밝아졌다.

[눈동자에 질풍 늘보의 문신이 새겨졌습니다.]

"눈동자에 새겨졌다고?"

하지만 시야에 별다른 변화가 느껴진 건 아니었다.

눈에 보이는 것이 이전과 차이가 없으니 별로 거슬리는 문신은 아닌 것 같았다.

"뭐, 상관없으려나?"

상태창을 확인해보았다.

[이름: 유정상]
[직업: 커서마스터]
[레벨: 9]

[공격력: 75+180(이네크의 반지)]

[방어력: 49+280(지옥귀 슈트)]

[생명력: 295+80(지옥귀 슈트)/295+80(지옥귀 슈트)]

[힘: 31]

[민첩: 37]

[체력: 47]

[지능: 11]

반사 신경에 관한 능력치는 역시 보이지 않았다.

기본 능력치는 그냥 레벨 변화에 따라 조금씩 오른 것 같았다

영혼의 쉼터 주변에 몰려 있던 주걱턱 침팬지들이 어느새 많이 사라지고 서너 마리만 남아있다.

아무래도 아무것도 발견할 수 없으니 놈들로서도 더 이상 이곳에 있을 이유가 없는 것이다.

"확인해 볼까?"

호기심이 동하자 놈들의 모습을 살피던 유정상이 곧바로 영혼의 반경 10미터 안전지대를 벗어났다.

그러자 사라졌던 인간이 갑자기 나타난 것에 바로 반응을 보이는 주걱턱 침팬지들.

첫 번째로 유정상을 발견한 녀석이 요란한 소리를 내며 달려들었다.

"캬캬캬캬!"

그런데 그 순간 미묘하게 녀석의 움직임이 느려진 듯한 기분이 들었다.

질풍 늘보의 문신 스킬이 발동한 것이다.

"어?"

분명 이제까지와 다른 움직임.

마치 일부러 천천히 유정상에게 달려드는 듯한 묘한 이질감.

놈이 코앞까지 다가왔지만 별다른 반응 없이 그저 놈의 움직임을 관찰했다.

그리고 앞발을 유정상에게 휘두르자 가볍게 피해 내며 주먹을 녀석의 얼굴에 내질렀다.

퍼억!

"쿠악!"

놈의 얼굴이 유정상의 펀치를 감당하지 못하고 터져 나간다.

"키키키키키키!"

한 놈이 소리를 질렀다.

그 순간 다른 녀석들도 유정상에게 달려들었고 소리를 지르던 녀석도 합세했다.

세 마리 중 두 마리는 빠르게 커서를 움직여 근처 바위 쪽으로 던져 버리고 한 마리는 주먹으로 내장을 파괴시켰다.

"쿠에에!"

내장이 파괴되자마자 소리를 지르고는 그 자리에 꼬꾸라졌다.

바위 쪽으로 날아갔던 한 녀석은 나름 빠르게 몸을 보호했지만 충격으로 중상을 입고 쓰러졌다. 그리고 다른 한 녀석은 날카로운 바위 부분에 부딪쳐 절명해 버렸다.

세 마리를 순식간에 죽이고 난 뒤 바닥을 구르며 괴로워하는 침팬지에게 다가간 유정상이 일격에 놈의 머리를 부셨다.

퍼억!

널브러진 주걱턱 침팬지의 사체를 바라보며 녀석들의 몸 주위에 생겨난 아이템들을 살폈다.

스킬북 한권과 중급 포션들 여러 개, 그리고 갈색 털 뭉치, 단검 등이 보인다.

일단 스킬북.

[원숭이의 손 스킬북]
[물건을 습득하는 데 유용한 스킬이다.]

"원숭이의 손?"
정확한 느낌을 알 수 없어 스킬북을 먼저 실행시켰다.

[원숭이의 손 스킬을 익히셨습니다.]

그리고 나머지 아이템 쪽으로 커서를 가져가자 한꺼번에 아이템들이 지정된다.

"응?"

이제까지는 하나씩 지정되어서 일일이 클릭해줘야 인벤토리 안으로 들어갔는데 한꺼번에 지정되니 신기할 수밖에 없었다.

곧바로 클릭.

역시나 인벤토리로 한꺼번에 들어간다.

"이거 대박인데?"

주걱턱 침팬지가 제법 도움이 되었다는 생각에 기분이 좋아졌다.

그런데 사방에서 다시 놈들이 몰려오는 소리가 들렸다.

곧바로 다시 안전지대로 들어서자 곧이어 나타난 녀석들이 침팬지들 시체 주위를 두리번거린다.

녀석들을 바라보며 유정상이 근처로 다가갔다.

신기하게도 안전영역 10미터 이내로는 한 발짝도 들이지 않는다. 그러면서도 이쪽을 전혀 신경 쓰지 않는 모습.

묘한 얼굴로 유정상이 원숭이 한 마리를 지켜보다 갑자기 소리를 질렀다.

"왁!"

"삐잇!"

갑자기 유정상이 소리를 지르는 바람에 백정이가 놀라 펄쩍 뛰었다.

그러나 정작 주걱턱 침팬지들은 반응이 없다.

이걸로 분명해졌다.

"그래. 방음까지 된다는 말이지? 이거 대단한데?"

그리고 커서를 녀석 쪽으로 가져갔다.

그런데 전혀 예상하지 못한 일이 벌어졌다.

커서가 보이지 않는 벽에 부딪쳐 바깥으로 나가지 못하고 있는 게 아닌가?

"얼래?"

설마 안전지대의 보호막이 커서에게까지 영향을 줄 거라고는 생각하지 못했다.

유정상이 넘으면 같이 넘어가는 건 분명하지만 안쪽에서는 커서가 전혀 영향을 주지 못하는 것이다.

"뭐, 상관없으려나?"

재밌다는 얼굴로 바라보다 어차피 얻을 건 얻었고, 미션도 마무리 되었으니 이곳에 더 이상 있을 이유가 없다고 생각을 마친 유정상은 보스를 잡고 얻은 귀환석으로 출구를 열었다.

✜ ❖ ✜

던전의 문이 열리고 유정상이 바깥으로 나왔다.

어느새 바깥은 새벽이 되어 있었다.

던전에서 얻은 마정석은 1성급 때보다 조금 더 큰 것으로

3개였다.

입구 사무실로 가서 마정석을 계산하고 돌아서는데 누군가가 유정상에게 다가왔다.

"이제 나오셨군요."

"어?"

던전에서 만났던 송대호였다.

새벽 시간임을 고려하면 조금 이상했다.

"아직 돌아가지 않았던 겁니까?"

"아뇨. 사망한 팀원들에 대한 소식을 길드에 전해주고 돌아와 기다렸습니다."

"왜요?"

"은인께서 절 살려주셨는데 제가 아는 게 아무것도 없었으니까요. 은인께서는 제 이름도 알고 계셨는데 전 은인의 얼굴도 기억하지 못하고 있었으니……."

"그런 건 별로 상관없는데."

"아뇨. 그건 잘못된 거니까요."

'여전하네.'

고지식한 건 미래에도 마찬가지였다.

생긴 건 저렇게 무식하고 거칠게 생겼지만 답답할 정도로 고지식한 부분이 많았다.

물론 그 때문에 유정상이 그를 따랐는지도 모르지만.

결국 그의 고집으로 이름과 전화번호까지 알려줄 수밖에 없었다.

던전 속 정글.

세 명의 사내들은 죽을힘을 다해 정신없이 달리고 있었다.

"헉. 헉."

"멈추지 말고 달려!"

"씨발. 그 새끼. 뭣 하러 괴물 원숭이들을 건드린 거야?"

팀원 중 한 명이 주걱턱 침팬지를 사냥하는 바람에 이런 일이 벌어지고 말았다.

놈들은 영리하게도 인간들을 자신들의 영역으로 끌어들여 모두를 사냥하고 있었다.

빨리 주걱턱 침팬지의 영역을 벗어나지 못하면 남은 세 명도 모두 죽을 것이 분명하다. 이미 팀원들 다섯이 놈들에게 공격당해 죽어 버린 상황이니 정신이 있을 리 없다.

"끽끽끽!"

머리 위에서 침팬지의 소리가 들려왔다.

한 놈이 뛰어내리자 제일 뒤를 따르던 사내가 자신이 쥐고 있던 검을 휘둘렀다.

"끼엑!"

한 마리가 검에 베이며 나가떨어지자 곧바로 두 사람을 뒤따른다.

그 순간 나무 위에서 검은 그림자가 덮쳤다.

"으아악!"

순식간에 나무 위로 딸려 올라가 버렸다.

그리고 나무 위에서 피가 쏟아져 내렸다.

후두둑.

남은 두 명은 그런 것조차 신경 쓸 여력이 없었다.

죽어라 달리는 동안 한 명이 뭔가에 걸려 바닥에 넘어졌다. 뒤따라 달리던 사내도 그에게 부딪쳐 바닥을 뒹굴었다.

사방에서 원숭이들의 소리가 그들에게 다가왔다.

한 명이 머리를 감싸쥐고는 울부짖었다.

"젠장! 이렇게 죽고 싶지는 않았다고!"

다른 남자는 그저 멍한 얼굴로 쓰러진 채 바닥만을 내려다본다. 마치 삶을 포기한 사람처럼.

그렇게 두 사람이 공포에 떨고 있었다.

그런데 시간이 지날수록 주변의 소란스러움이 가라앉는다.

한참을 두려움에 떨다가 뭔가 이상함을 느낀 사내가 고개를 들었다.

"헛!"

주변에 잔뜩 모여 있는 주걱턱 침팬지들.

얼핏 봐도 30마리 이상은 되어 보인다.

그런데 이상한 건 주변을 두리번거리기만 할 뿐 그들에게 다가올 생각을 하지 않는다는 사실이었다. 마치 그들이 보이지 않기라도 하는 듯 말이다.

"무, 무슨 일이지?"

그가 중얼거리듯 말하자 고개를 푹 숙이고만 있던 남자가 머리를 들어올렸다.

그리고 그도 지금의 이상한 상황을 보고는 눈을 커다랗게 뜨고 말았다.

"저놈들 왜 주변을 맴돌고 있는 거야?"

"나, 나도 몰라."

그런데 한참의 시간이 흘러도 원숭이들은 계속 다가오지 않고 주변만 왔다갔다 할 뿐이라 두 사람은 뭔가 자신이 있는 장소가 특별하다는 걸 인식했다.

"놈들에게는 이곳이 보이지 않는 건가?"

결국 한참 동안 주변을 서성거리던 원숭이들이 하나둘 사라지자 그렇게 말했다.

"도대체 무슨 일이지? 어째서 놈들이 우리를 발견하지 못하는 거야?"

맞은편에 있는 사내 역시 그것을 알 리 없다.

지금의 상황을 제대로 이해하지 못하고 있었는데 몸에 온기가 느껴진다.

그들이 고개를 돌리자 근처 바닥에 모닥불이 보인다.

"모닥불이다!"

"설마!"

얼마나 정신이 없었던지 그런 게 가까이 있다는 사실조차 모르고 있었다.

너무나도 지쳐 있던 그들은 모닥불 근처로 다가갔다.

일단 몬스터들이 이 근처로 접근하지 않는다는 사실을 인식한 덕분에 두려움은 어느 정도 진정되었다.

그런데 모닥불을 자세히 보니 뭔가를 태우고 있는 건 아니었다.

바닥에서 올라오는 불꽃.

마치 땅속에서 가스가 솟아 그것에 불이 붙어있다는 느낌이랄까.

두 사람은 근처 나무들을 불속에 던져 넣었다.

그런데 타기는커녕 불 밖으로 밀려나왔다.

신기한 현상에 놀라기는 했지만, 던전이라는 곳이 원래 상식을 벗어난 곳이니 그것도 곧 적응이 되었다.

그런데 모닥불 앞에 얼마나 있었을까. 지친 몸과 마음이 서서히 회복되고 있는 것 같았다.

"뭔가 기분 좋은 느낌인데?"

"그래. 이런 따스함이라니 말이야."

보통의 모닥불과는 다른 느낌의 따스함이 그들의 몸을 감싸는 기분이었다.

그리고 얼마의 시간이 흐르자 몸의 피로함도 사라져 컨디션은 최고가 되어 있었다.

"어떻게 이런 일이? 피곤함이 없어졌어!"

"나, 나도 그런데?"

"우리 엄청난 걸 발견한건 아닐까?"

커서 마스터
Cursor Master

3. 배신

커서 마스터
Cursor Master

3. 배신

죽음의 사자 던전에서의 일은 조금씩 소문이 퍼져 나가기 시작했다.

죽음 직전에서 안전지역의 도움을 받아 살아 나는 신비한 체험을 하게 된 두 명의 각성자들이 곧바로 자신의 길드에 이 소식을 전했고, 다음날 길드 '스톰 나이트'는 핵심 헌터 10여 명을 투입해 진위 여부를 확인했다.

그리고 그 사이 모닥불의 정체를 알게 된 다른 길드원들 역시도 이 사실을 알려 결국 이 모닥불에 대한 정보가 사방으로 퍼져 나가게 되었다.

　며칠 후 강원도의 '마성 던전'이라 이름이 붙은 던전의 입구.

　골드 피닉스의 각성자 수십여 명이 던전 인근에 모여 있었다.

　대표인 박설화를 비롯해 부대표 박기형과 그를 따르는 수십 명의 길드원, 그리고 짐꾼으로 고용된 9급의 각성자들이 모여 있었다.

　경직된 표정으로 사람들을 둘러보는 박설화.

　처음 계획대로라면 유정상을 반드시 끌어들여야 했다.

　그의 능력이라면 이번 던전 사냥에 큰 도움이 될 것이었다.

　하지만 유정상의 애매모호한 말에 신경이 쓰였던 박설화는 그를 합류시키겠다는 계획을 포기해버렸다.

　하는 수 없이 팀원들만 대동시킨 채 던전의 입구에서 투입 전 점검을 진행하고 있었다.

　그런데 근처에 있던 박기형의 표정이 미묘하다.

　박설화는 동생이 누군가를 찾고 있는 듯 두리번거리자 의아해하며 물었다.

　"누구 기다리는 사람 있어?"

　"아니. 그냥 주변을 둘러보는 거야."

　"그래?"

박기형의 말에 고개를 끄덕인 박설화가 다시 자신의 장비를 점검하며 준비를 했다.

원래 계획대로 유정상이 이곳에 왔다면 박기형은 던전에 투입하지 않았을 것이다. 그러나 유정상이 참여 하지 않는 다는 것을 확인하자마자 그가 자진해 팀에 합류하기로 결정했다.

길드원들로서는 길드 최강의 헌터인 박기형이 참여하는 게 여러모로 안전에 도움이 되니 환영하고 있었지만, 박설화는 어쩐지 기분이 묘했다.

항상 모든 일을 냉철하게 판단하는 남동생이 단순히 외부인 한 명 빠졌다고 무턱대고 참여할 성격이 아니었기 때문이었다.

그러나 그 문제는 곧 머릿속에서 지워버렸다.

지금은 던전에서 토파즈 마나석을 구해오는 것에만 집중해야 하기 때문이었다.

"모두 준비되었으면 들어가도록 해요."

그렇게 박설화와 박기형이 선두로 모두 던전에 진입했다.

❖ ❖ ❖

던전이 열리고 나서 TV방송에도 많은 변화가 생겼다.

헌터들을 소재로 삼은 각종 드라마나 다큐멘터리 방송들이 만들어진 것이다.

심지어 각종 예능방송에서도 헌터들을 직접 섭외해서 출현시킬 정도로 던전 관련 방송들은 인기가 있었다.

그동안 소재 고갈로 방송의 전체적인 인기가 떨어져 갈 무렵이라 가뭄에 단비와도 같은 새로운 소재의 등장에 방송국이 미친 듯이 달려든 것이다.

하지만 던전 근처에선 전자 제품이 작동하지 않는 이상 현상으로 인해 던전 안의 영상을 담는 것은 불가능에 가까웠다. 그 때문에 시각과 청각에 많이 의존하는 방송은 분명한 한계가 존재했다.

던전의 내부 영상은 대부분 그래픽으로 대체되어야 했고 그나마 구형 필름카메라로 찍은 사진만 간간이 보여줄 수 있었기 때문에 방송은 시청자들의 호기심을 충족시켜주지 못하고 있었다.

그래서 각성자가 아닌 사람들에게 던전이라는 곳은 그야말로 미지의 영역이었다.

그런 와중에 독일 유명기업에서 마정석의 에너지를 기반으로 한 전자 기판을 개발해 내면서 세계 최초로 던전 내부의 동영상을 찍는데 성공해 대단한 화제가 되었다.

그리고 엄청난 로열티를 지불하면서까지 기술을 이전받은 전 세계의 각종 전자 제품 회사들이 경쟁적으로 던전의 내부에서 동영상을 촬영할 수 있는 카메라들을 출시하게 되었다.

최초 개발일로부터 2년 정도가 지난 현재는 그럭저럭

화질도 괜찮은 던전 내부용 촬영기가 방송용으로 출시되고 있던 시점이라 방송에서도 간간이 던전의 영상을 포함한 방송을 진행하고 있었다.

물론 던전이라는 위험한 환경과 더불어 각성자가 아니면 던전 에너지에 몸이 상할 수 있는 관계로 전문적인 카메라맨들의 촬영 영상이 아닌 길드 차원에서 촬영한 것을 방송국에서 받아 편집하는 경우가 대부분이었다.

하지만 어딜 가나 겁이 없는 인간들이 존재했다. 특히나 방송국 기자들 중엔 종군 기자들처럼 전쟁터를 취재하는 경우도 많다 보니 에너지 완화제만으로 과감하게 던전에 뛰어드는 살짝 맛이 간 사람들도 종종 있어서 가끔씩은 깜짝 놀랄 정도로 뛰어난 영상이 만들어지기도 했다.

물론 그들 중엔 희귀하기는 하지만 실제 각성자 출신의 기자도 있었다.

어쨌든 던전 내부의 영상들은 잔인할 수밖에 없는 특성 때문에 대부분 19금을 표방하고 있었다. 그래서 방송 대부분이 심야 시간대에 주로 편성되어 있음에도 불구하고 평균적으로 높은 시청률을 보이고 있다.

"이번 소식은 던전에 새로운 장소가 발견되었다는 정보인데요. 그곳을 다녀온 김성우씨를 모셔보겠습니다. 안녕하십니까?"

"네. 안녕하세요."

케이블 채널 JKBC의 '극한던전을 가다'의 진행자인

고현아의 인사에 답하는 김성우였다.

"이번에 던전에서 발견된 새로운 장소에 대해 인터넷의 여론이 뜨거운데요. 자세히 말씀해 주시죠."

"네. 이번에 저희가 찾아간 던전은 '죽음의 사자 던전'이라는 3성급의 던전입니다."

"도대체 그곳에 뭐가 있다는 거죠?"

"네, 일단 영상부터 보시면서 추가 설명을 드리겠습니다."

김성우의 말과 동시에 화질이 약간 떨어지는 야외 장면이 보였다.

영상에서는 정글 지역에서 사람들이 다 같이 이동하는 모습을 비추고 있었다.

그런데 한쪽에 사람이 모여 있는 장소가 화면에 비친다.

"저곳은 뭐죠? 각성자들이 많이 몰려 있는 것 같은데."

"네. 여기가 바로 문제의 장소입니다.굴

하지만 인터넷을 뜨겁게 달굴만한 독특한 뭔가는 전혀 보이지 않았다.

"보기엔 별다를 것이 없어 보이는데요? 그냥 캠프 아닙니까?"

"네. 맞습니다. 캠프죠."

"그럼 뭐가 다르다는 거죠?"

"캠프라는 사실이 독특한 겁니다."

"네?"

"사실 일반인의 경우 던전이 열악한 환경이고 몬스터가 자주 출몰한다는 것 말고는 잘 모르시는 분이 많으실 텐데요. 일반적으로 던전에서 캠프를 만들기가 굉장히 어렵습니다."

"어째서죠?"

"방금 제가 말씀드렸다시피 몬스터가 자주 출몰한다는 사실 때문입니다. 즉, 언제 어디서 몬스터가 튀어나올지 모르는 상황에서 캠프를 만드는 건 반쯤은 목숨을 내 놓은 거지요. 일반적인 동물이라면 사람들이 모여 있는 캠프를 습격하는 경우는 거의 없습니다만, 몬스터는 기본적으로 그 습성이 다르니까요."

"그럼 이제까지 헌터들은 어떻게 캠프를 만들었나요?"

"보통은 기본적인 사냥을 끝냄과 동시에 귀환석을 구해 탈출합니다. 되도록이면 던전에서 오랜 시간을 보내지 않는 것이 안전하니까요."

"그럼 저곳은 어떻게 된 거죠?"

"그렇기 때문에 저 곳을 아주 특별하다고 말씀드리는 겁니다."

"궁금하니까 어서 설명해주세요."

고현아가 특유의 포즈로 아양을 떨며 김성우를 재촉했다.

그러자 그녀의 과도한 행동에 눈살을 살짝 찌푸리고는 헛기침을 하는 김성우.

그때 영상은 사람들이 모여 있는 장소를 비춘다.

중앙의 자그마한 모닥불을 중심으로 사람들이 휴식을 취하거나 음식을 먹는 모습이 보인다.

그런데 중앙에 있는 모닥불 주위로 사람들이 앉아 있다가 곧 자리를 바꾸는 모습이 보였다.

"모닥불이 뭔가 특이한 느낌이네요."

"눈썰미가 좋으시군요. 맞습니다. 굉장히 특이하면서도 특별하지요."

"어째서 그런 거죠?"

"자세히 보세요."

영상이 모닥불을 자세하게 비추었다.

분명히 모닥불인데 어쩐 일인지 중앙에 타고 있는 게 아무것도 보이지 않았다.

"어? 나무 같은 걸로 태우는 게 아니었나요?"

"놀랍게도 불이 그 어떤 재료도 필요 없이 스스로 타오르고 있습니다."

"혹시 땅속에 가스전이라도 있는 건가요?"

"그것도 가정해봤습니다만, 일단 아닌 걸로 판단됩니다. 가장 큰 이유라면 불 속에 뭔가를 집어넣어도 타는 게 아니라 불 밖으로 밀려나오기 때문이죠."

"네? 그게 말이 되나요?"

"그렇습니다. 일반적인 상식으로는 설명하기가 힘들죠. 하지만, 정말 놀라운 사실은 그게 아닙니다."

"아니라고요?"

"네. 바로 이곳에 모인 사람들, 즉 모닥불 주위 일정 반경엔 몬스터가 전혀 접근을 하지 않는다는 사실입니다."

"네? 그게 정말인가요?"

"그렇습니다. 더 놀라운 건, 그 반경 안에 있으면 몬스터가 아예 인간을 인식하지 못한다는 사실입니다. 냄새는커녕 눈으로도 볼 수 없다는 게 밝혀졌습니다."

"설마요."

"사실입니다. 거기다 소리까지 전혀 인식하지 못합니다. 완전히 고립된 장소처럼 말이죠."

"놀랍군요."

"일단 지금까지 조사한 바로는 모닥불을 중심으로 대략 반경 10미터 정도인 걸로 알려져 있습니다."

"어떻게 저런 불이 생겨날 수 있었을까요?"

"그건 아직 밝혀지지 않았습니다. 그런데 놀랄 만한 사실이 하나 더 있습니다."

"또 말인가요? 그게 뭐죠?"

"저 안전지대에 있는 각성자들의 행동에 공통점이 보이나요?"

그러자 고현아가 화면을 살피더니 '아.' 하며 고개를 끄덕이고는 대답했다.

"모두 바닥에 앉아 있군요."

"그렇습니다. 그 이유는 단시간에 몸에 쌓인 피로를

풀어주기 때문입니다."

"마치 던전 속의 휴식처 같은 곳이군요."

"그렇습니다."

"저런 게 다른 던전에서 발견된 사례는 있나요?"

"외국에서도 아직 보고된 바가 없다고 합니다."

"그럼 우리나라가 처음이라는 말씀이신가요?"

"그렇습니다."

"이로서 던전 공략에 새로운 변화가 생길 것으로 예상됩니다. 일종의 베이스 캠프와도 같은 역할이 되기 때문에 헌터들의 정비와 안전이 기존 던전 공략 때와는 비교할 수 없을 정도로 좋은 상황이 되었기 때문이죠."

방송의 파급력은 정말 엄청났다.

기존의 던전에는 존재하지도 않던 안전지대.

그로 인해 던전이라는 지옥과도 같은 장소에 그들만의 휴식처가 생성된 것이다.

이제까지는 던전에 일단 투입되면 한순간도 방심할 수 없는 탓에 늘 긴장 상태였다. 그런 곳에서 단 한순간이라도 안심할 수 있는 장소가 존재한다는 건 그만큼 엄청난 파급력을 가졌다.

가령, 짐꾼의 경우만 보더라도 변변한 저항을 제대로 못해보고 몬스터에게 당하는 경우가 비일비재했고, 그나마 짐들도 어느 정도 모이면 이동의 제약으로 인해 결국 던전을 빠져나와야만 했다.

하지만 안전지대가 있다면 이야기는 달라진다.

안전지대에 몇 사람이 대기하고 짐들을 관리한다면 던전에서 얻을 수 있는 몬스터의 부산물도 더욱 많아질 것이고, 그 만큼 던전을 공략하기도 쉬워질 것이다. 보스 몬스터의 공략도 월등히 수월해짐은 물론이다.

이로 인해 인터넷은 이 문제에 관해 열띤 토론이 오갔으며 많은 각성자들의 주목을 받았다.

"크아악!"

남자의 비명과 함께 그의 몸이 어디론가 끌려가버렸다.

던전에 들어온 지 대략 8시간 정도.

이미 3명의 헌터와 5명의 일꾼이 당해버렸다.

모두의 움직임이 바빴다.

설마 3성급 던전이 이렇게나 위험한 곳일 줄은 상상도 못한 탓이다.

처음부터 이 던전 공략을 계획했던 박기형마저도 보스가 아닌 몬스터는 그렇게 크게 걱정하지 않았으니 말이다.

처음엔 그래도 무난하게 몬스터를 사냥했었다.

지옥늑대의 무리를 만났을 때도 그렇게 문제될 것은 없었다. 약해빠진 이런 몬스터들 쯤이야 10마리 이상이라도 상대할 수 있었으니까.

그런데 문제는 송곳 원숭이들의 영역에 들어가 버렸다는데 있었다.

대체적으로 몬스터 중 가장 주의해야 할 놈들이 원숭이과다.

대다수가 무리 생활을 하는데다가 크기도 일반적인 원숭이에 비해 월등히 크고 강하며 또한 빠르기까지 하다.

특히나 이런 정글지대라면 놈들과 상대하는 건 더욱 어렵게 되는 것이다.

그중에서도 가장 조심해야 할 무리가 있다면 주걱턱 침팬지와 송곳 원숭이였다.

"씨발. 제대로 조사한 거 맞아?"

"보통의 3성급 수준이라더니, 이게 뭐야?"

달아나는 골드피닉스의 팀원들도 이젠 공황상태에 빠져 있었다.

이미 많은 동료를 잃은 상태이다 보니 리더에 대한 믿음이 사라져 있는 상태였다.

박설화나 박기형의 경우엔 그나마 다른 팀원들에 비해 등급이 높은 헌터였으니 나은 상황이었다.

검을 전문으로 사용하는 박설화가 죽인 송곳 원숭이가 이미 10마리를 넘어섰고, 주특기가 석궁인 박기형은 20마리 정도를 사냥한 상태였다.

푸슉.

"끼에엑!"

박설화의 검에 또 다른 송곳 원숭이 한 마리가 비명을 지르며 죽었다.

"헉. 헉."

박설화는 지금 혼란에 빠져 있었다.

분명 동생의 말로는 팀원만으로도 별 문제없이 클리어가 가능하다고 했었다.

그런데 지금 상황은 뭔가 이상했다.

팀원들 모두가 위험해져 있지 않은가?

물론 던전이라는 곳이 자연재해만큼이나 예측하기 어렵고, 특히나 몬스터는 늘 상대하기 어려운 생물이다.

그래서 잘 알려진 던전 이외엔 어느 정도 조사가 필수였고, 그의 조사가 특별히 틀리는 경우는 드물었다.

그런데 이번 경우는 송곳 원숭이에 대한 보고가 빠져 있었다.

하지만 그렇다고 해서 동생이 의도적으로 이런 짓을 했을 리는 없을 것이다.

그녀는 시선을 돌려 송곳 원숭이들과 정신없이 싸우는 동생의 모습을 살폈다.

'그래. 조사하다보면 예상하지 못한 일이 발생할 수도 있는 거야.'

그녀는 속으로 그렇게 결론을 내렸다.

송곳 원숭이들이 어느 정도 정리되자 팀원들이 동굴 하나를 발견해 모두 그곳에 모여 정비를 했다.

부상자의 경우엔 간단한 치료와 함께 쌓인 피로를 풀고 있었던 것이다.

그때 무척 지쳐 보이는 박기형이 바닥에 앉아 땀을 닦고 있는 박설화에게 다가왔다.

"귀환석은 아직 못 구했어?"

그 말에 박설화가 박기형을 바라보며 되물었다.

"넌?"

"아직."

"그렇구나."

박설화의 표정이 굳어갔다.

이미 그들은 이번 던전 사냥을 포기하기로 결정을 내렸다.

하지만 생각하지 못한 문제에 봉착했다.

"어떻게 된 영문인지 모르겠어. 아무리 사냥을 해도 나오지가 않아."

"그건 나도 전혀 예상하지 못한 일이야."

"네가 미안해 할 필요는 없어. 던전이라는 곳은 늘 예상 밖의 상황이 벌어지는 곳이니까."

"……."

"그보다 빨리 송곳 원숭이 영역에서 빠져나가야 할 텐데 큰일이야. 이대로 가다가는 팀원들을 다 잃을지도 몰라."

말하는 박설화의 표정이 암울하게 변해있었다.

그녀도 이미 상당히 지쳐 있는 상태.

전신에 상처도 이리저리 나 있는 상황이었다.

✛ ❖ ✛

'포이즌 드래곤' 길드의 제 3공격대장의 방.

그곳에서 거한의 사내가 보고를 받고 있었다.

"안전지대? 그게 뭐지?"

"이번에 '죽음의 사자 던전'에서 발견된 장소입니다."

"죽음의 사자 던전? 유명한 곳인가?"

"아뇨. 별로 그렇지는 않습니다. 3성급 던전인데 크게 관심을 받는 곳은 아니었습니다."

거한의 사내는 포이즌 드래곤의 제 3공격대장으로 그의 이름은 강길섭이었다.

얼마 전 강릉의 '마성 던전'을 공략해 보스몹을 잡아낸 장본인이기도 했다.

던전의 첫 보스를 잡아낸 강길섭이 길드의 이름으로 던전의 이름을 지을 수도 있었지만, 흔해빠진 포이즌 드래곤의 몇 십 번째 던전이라는 이름이 싫어 그냥 '마성 던전'이라고 지은 것이다. 물론 그만큼 특별한 경험을 한 곳이기도 했기 때문이다.

물론 포이즌 드래곤에서는 특별히 그것을 문제삼지는 않았다. 그만큼 탑10의 강자는 길드 내에서도 최고로 대접받는 사람들이니 당연한 일이었다.

"3성급? 요즘은 왜 이렇게 3성급에서 별난 일이 많이 벌어지는 거지?"

강길섭의 미간이 찌푸려졌다.

그때의 일을 생각하면 지금도 아찔해졌다.

보기 힘든 마나석이 발견되었다는 정보를 접하고 들어갔던 길드원들이 실종되면서 그가 직접 나섰었다. 그러나 그곳은 3성급에 맞지 않는 몬스터가 있었고 그 놈을 상대하느라 제법 애를 먹었다.

하지만 그도 마나석을 구하지는 못했다.

아니 마나석을 얻을 수 있었지만 결국 포기한 것이다.

'하마터면 큰일날 뻔 했지.'

그리고 그가 자신의 손바닥을 들어 그것을 바라보았다.

검은색의 잉크자국처럼 번져 있는 모습을 보며 미간을 좁혔다.

그때 욕심을 부렸다면 지금 자신은 이곳에 있지 못했을지도 모른다.

그의 표정을 살피던 맞은편의 부하, 정동하가 쓴웃음을 지었다. 그 일에 대해서 그도 들은 바가 있었기 때문이었다. 하지만 그 이야기는 꺼내기 껄끄럽다.

"아무튼, 안전지대라는 것이 생겨 요즘 그 때문에 시끄럽습니다."

그렇게 말하며 정동하가 안전지대에 대한 간략적인 설명을 곁들였다.

그 설명을 듣던 강길섭의 표정이 시시때때로 변해가더니 마지막에 크게 웃고 말았다.

"하하하. 그런 곳이 있다니. 정말 던전 속은 재미있는 곳 이야."

"단순히 웃을 일이 아닙니다."

"왜? 무슨 문제가 있다는 거야?"

"안전지대를 둘러싸고 대형 길드들이 국가를 상대로 로 비에 들어갔습니다."

"로비? 뭣 때문에?"

"당연히 안전지대를 차지하기 위함입니다."

뭔가 알 것 같다는 생각에 강길섭이 고개를 끄덕였다.

"하긴, 그런 장소가 있다면 던전 내에서 최초로 길드의 영역을 만들 수 있을지도 모르니까. 그런데 다른 던전에서 는 그런 장소가 안 생기는 거야?"

"전 세계를 통틀어도 이런 경우는 처음이니까요."

"그런가?"

강길섭은 그냥 고개를 끄덕이고 말았다.

그는 단순히 던전에 들어가면 몬스터를 잡을 뿐 복잡한 건 별로 좋아하지 않는 성격이라 관심을 곧 끊었다.

❖ ❖ ❖

"이게 다 몬스터의 뼈라고요?"

그야말로 산더미처럼 많은 양의 뼈를 보며 박시연이 경악했다.

유정상이라는 남자에 대해 자신의 아버지가 굉장한 관심을 보이는지라 그녀도 그에 대한 호기심이 있었다.

처음 그와 만났을 때도 꽤나 인상적이었으니까.

그런데 이번은 좀 달랐다.

5톤 트럭과 함께 작업할 인부 몇 명도 같이 데려오라는 연락을 받았을 때만 해도 좀 어이가 없다는 생각을 했었다. 아무리 물량이 많다하더라도 기껏해야 2.5톤이면 충분할 거라 생각했기 때문이었다.

"2.5톤이면 될 거에요."

"5톤이라고 말한 걸 보면 만만치 않은 양일 거다. 그냥 그의 요청대로 하거라."

아버지의 명령에 할 수 없이 5톤짜리 트럭을 끌고 오기는 했지만 그래도 설마하고 있었다.

그런데 그와 전에 만났던 장소에 5톤짜리 트럭 한 대와 인부를 태운 승합차가 도착하고 보니 이건 생각 이상이었다.

이건 뭐 몬스터의 뼈로 2층 집을 지어도 될 만큼의 분량이 아닌가?

그런데 그가 더 황당한 소리를 했다.

"이게 전부는 아닙니다."

"네?"

"너무 많이 풀면 가격에도 영향을 줄지 몰라 일단 이정
도만 판매하도록 할게요."

"네? 설마 이거 말고도 더 있다고요?"

"아마 이 것의 두 배 분량 정도는 될 겁니다."

"헉!"

"아, 그리고 하나 더."

"뭐, 뭐죠?"

"일단 일부긴 하지만 가죽들은 제 차에 조금 실어뒀으니
그거도 한꺼번에 넘길게요. 뭐 오늘은 이정도만 거래하기
로 하죠."

그 말에 입을 떡하니 벌린 박시연이었다.

탁탁탁탁.

"헉. 헉."

정글 속을 박설화가 미친 듯이 달리고 있었다.

정신없이 송곳 원숭이들과 싸우다보니 주변에 팀원들이
보이지 않았다. 이미 모두가 흩어져버린 상황.

그의 동생 박기형과도 헤어져버려 그의 생사조차 알 수
없게 되어버렸다.

푸슉!

"꺅꺅!"

나무 위에서 갑자기 달려든 송곳 원숭이 목을 꿰뚫으며 다시 달렸다.

그녀 주변으로 모여드는 송곳 원숭이 무리.

도대체 이 던전에 있는 송곳 원숭이 무리의 숫자가 얼마인지 가늠하기조차 힘들 정도였다.

모르긴 몰라도 그녀의 손에 죽은 원숭이안 해도 수십 여마리, 거기다 박기형에게도 엄청나게 사냥 당했다. 팀원들까지 합치면 모르긴 몰라도 백 마리 이상은 될 듯싶었다.

그러나 송곳 원숭이는 도무지 줄어들 기미가 보이지 않았다.

그녀는 이미 지칠 대로 지쳐 있었다.

'뭔가 잘못되었어. 마나석이고 뭐고 이젠 무조건 나가야 돼.'

이번에도 일이 틀어졌다는 걸 알 수 있었다.

앞전에야 유정상을 만나는 바람에 운이 좋아 마나석을 얻을 수 있었지만 이번 만큼은 그때 정도의 운이 따라줄 것 같아 보이진 않았다.

설마 이번에도 박기형의 조사에 문제가 있을 것이라고는 전혀 예상하지 못했기 때문에 암담함은 더 심했다.

'마나석이고 뭐고 이젠 지겨워.'

길드의 리더였던 오빠의 죽음 때문에 의무감으로 길드를 맡긴 했지만, 지금은 그런 것도 다 부질없는 짓처럼 여겨졌다.

'이젠 싫어. 모두.'

그렇게 절망적인 생각을 하며 한참을 도망치는데 주변의 소란스러움이 사라져가고 있었다.

언뜻 돌아보니 그 많던 원숭이들이 어느샌가 눈에 보이지 않았다.

'원숭이들의 영역을 벗어난 건가?'

정말 지긋지긋한 곳이라는 생각을 하면서 나무뿌리가 얽혀 있는 틈으로 들어가 잠시 몸을 눕혔다. 물론 몸에서 나는 냄새를 지우는 건 잊지 않았다.

그렇게 잠시 동안 숨을 죽인 채로 조용히 쉬고 있는데 바깥으로 무엇인가가 보였다.

씩씩 거리며 더운 숨을 쉬며 움직이는 네발 달린 거대한 짐승의 그림자.

그 거대함 때문에 그녀로서는 도무지 지금 눈에 보이는 것의 정체가 무엇인지 알 수가 없었다.

다만 거대한 뿔과 전신이 칠흑같이 검다는 것만 알 수 있었다.

그런데 그 짐승의 머리 부분에 박혀 있는 붉은 빛의 보석이 눈에 들어왔다.

'루, 루비 마나석!'

루비 마나석.

에메랄드 마나석보다 한 등급이 높은 마나석으로 그것을 흡수하면 거의 4급에 근접한 마나를 얻을 수 있다고 알려진 마나석이었다.

마나석 자체가 굉장히 귀한 것인데 그중에서도 상급에 속하는 루비 마나석을 보니 정신이 아득해지는 기분이었다.

현재 그녀는 7급의 헌터.

이미 에메랄드 마나석을 얻은 상태여서 5급까지는 올릴 수 있는 바탕을 만들어 둔 상태였다.

그런 와중에 이번엔 그 위 등급의 마나석을 발견하고 말았다.

분명 박기형에게 듣기로는 아래 등급인 토파즈 마나석이 있다는 이야기를 들었다. 그런데 정작 던전에서 발견된 마나석은 두 단계나 위인 루비 마나석이다.

하지만, 한편으로는 루비 마나석을 가진 몬스터라는 건 그만큼 위험하다는 것이다.

토파즈나 에메랄드와는 다른 수준의 등급이었으니 애초에 몬스터의 레벨 자체가 다른 것이다.

너무 욕심나기는 하지만 감히 저것을 노릴 엄두가 나지 않았다.

그런데 그때였다.

피슝! 피슝! 피슝!

"크어어어!"

거대한 몬스터의 몸에 수십여 개의 화살이 박히자 놈이 괴성을 질렀다.

우르르르르.

거대한 몸이 날뛰자 주변이 흔들린다.

그리고 몬스터가 발광하는 사이 거대한 창도 몸에 박혔다.

"쿠어어어어!"

놈 주변에 수십여 명의 인영이 나타난 것이다.

하나같이 실력이 쟁쟁한 사람들.

적어도 자신 이상의 실력자들이 분명했다.

박설화는 지금의 상황을 전혀 이해할 수가 없었다. 도대체 이들이 누구란 말인가?

그런데 더 놀라운 일이 벌어졌다.

그들 사이에 있는 사내.

그는 그녀의 동생 박기형이었다.

'어, 어째서?'

그렇게 혼란스러워 하는데 몬스터가 발광하더니 몸에 갑옷처럼 덮여 있던 가시를 세운다.

그제야 박설화는 몬스터의 정체가 무엇인지 알 수 있었다.

'전투 코뿔소!'

하지만 일반적인 전투 코뿔소와는 달리 전신이 이상할정도로 검었고, 눈동자 역시도 흰자위가 아예 없이 모두 검은 상태였다.

'저런 전투 코뿔소도 있었나?'

그녀가 알고 있는 모습과는 조금 달랐지만 크게 신경 쓰지는 않았다.

지금은 그게 중요한 문제는 아니었으니 말이다.

휙. 휙.

팅. 팅.

헌터들이 사방에서 화살을 날리고 창을 던졌지만 더 이상 몸에 박히지 않았다. 놈이 가시들을 세우고 나서는 피부가 전혀 뚫리지 않았다.

그럼에도 헌터들은 유기적으로 움직이며 놈을 압박해 들어갔다.

7급 이상의 헌터들이 스무 명 이상이 모여 있었으니 전투 코뿔소 정도는 그리 어렵지 않게 잡아낼 것이다.

아니, 전투 코뿔소를 상대로는 과한 숫자였다.

다만, 일반적인 전투 코뿔소와 달리 피부가 단단해서 창이나 화살이 잘 뚫리지 않는 것은 의외였다.

이들이 사용하는 창과 화살은 일반적인 종류의 것이 아니다.

던전에서 가끔 구해지는 스트로늄을 강철 위에 코팅한 것인데. 그것만으로도 엄청나게 강도가 올라간다. 거기다 각성자들은 자신의 마나까지 실어 보내니 어지간한 몬스터라면 뚫리지 않고는 못 배길 것이다.

그런데 전혀 예상하지 못한 일이 벌어진 것이다.

"쿠어어어!"

두두두두두.

콰아아앙!

흥분한 전투 코뿔소가 사람들이 모여 있는 장소에 덮쳤다. 그러자 모두 흩어졌고, 거기에 있던 거대한 나무가 부셔져 나갔다.

덕분에 두 명이 그것에 휩쓸려 쓰러졌다.

콰직!

"끄아아아악!"

그리고 놈의 발에 밟혀 헌터 한 명의 몸이 터져버렸다.

다른 한명은 간신히 그곳에서 벗어났고 다른 이들은 계속 전투 코뿔소에게 화살이나 창을 던졌다.

무난하게 사냥할 것 같던 분위기가 완전히 반전된 것이다.

콰아앙!

이번에도 전투 코뿔소가 헌터들이 모인 장소를 덮쳤다.

그 많은 공격을 받고도 별다른 타격을 입지 않은 것인지 놈의 움직임은 전혀 무뎌지지 않았다. 그러나 헌터들은 이미 10명이나 전투불능 상태. 그중 세 명은 이미 목숨을 잃었다.

그때부터 헌터들의 표정도 일그러지기 시작했다.

이제야 전투 코뿔소가 자신들의 생각 이상으로 강한 몬스터임을 깨달은 것이다.

"화살을 좀 더 쏘라고!"

"씨발. 저놈 도대체 뭐야? 전혀 통하지 않잖아!"

"어디서 저런 놈이 뛰어나온 거지?"

그렇게 점점 수세에 몰리자 모두의 분위기가 암울해져만 갔다.

그런데 그때였다.

헌터 중 그동안 전투에 참여하지 않던 한 사내가 거검을 어깨에 짊어진 채 바닥으로 뛰어내렸다.

팟.

덩치에 비해 가볍게 바닥에 착지한 대머리의 사내가 거검을 강하게 휘둘러 전투 코뿔소의 다리를 베어버렸다.

"쿠어어어어어!"

피가 튀더니 거대한 몸뚱이가 휘청거린다. 하지만 몸의 균형을 잡아 쓰러지지는 않았다.

사내는 얼핏 봐도 6급은 되어 보이는 실력자였다.

아마도 무리의 리더쯤으로 보였다.

사내가 다시 거검을 휘둘렀다.

깡.

그러나 전투 코뿔소는 머리를 흔들어 뿔을 이용해 검을 막아냈다.

예사롭지 않은 검이었음에도 코뿔소는 어렵지 않게 막아 낸 것이다.

사내는 믿을 수 없다는 듯 경악했다.

그도 그럴 것이 6급이라면 전투 코뿔소 정도는 그리 어려운 상대가 아니었다.

그런데 가볍게 자신의 검을 막아냈으니 경악하는 것도 무리는 아니었다.

주변의 동료들이 다시 화살을 쏘아댔지만 그런 공격엔 아랑곳하지 않고 오로지 거검의 사내에게만 달려들었다.

콰앙!

놈의 몸통 공격을 거검을 휘둘러 막아냈지만 충격으로 튕겨나갔다.

"크악!"

뭔가 잘못되었음을 느낀 사내가 몸을 빼려하자 코뿔소가 몸에 붙은 가시를 후드득하며 날렸다.

"크억!"

어깨와 팔에 몇 개의 가시가 박히자 사내가 신음을 토했다. 그러나 대머리의 사내는 거검을 들어 전투 코뿔소의 목 부위를 베어버렸다.

"크워어어어어!"

전투 코뿔소가 비명을 지르며 바닥에 주저앉아 버렸다.

하지만 놈도 그냥 순순히 죽어 줄 수는 없다는 듯 다시 몇 개 남지 않은 가시를 쏘았다.

"크아악!"

갑자기 날아든 수십여 개의 가시에 전신이 꿰뚫리며 사 내가 바닥에 쓰러졌다.

그런데 그 틈을 노려 다시 남은 사람들이 화살을 날렸다.

그 화살들이 전투 코뿔소의 몸에 박혀 들자 놈이 최후의 발악을 하며 날뛰었다.

그리고 화살이 모두 떨어지자 박기형이 바닥에 뛰어 내려 자신의 석궁을 집어 들고 전투 코뿔소를 향해 연사했다.

풋.풋.풋.

"크어어어!"

계속되는 박기형의 연사에 견디지 못한 전투 코뿔소가 소리를 지르며 비틀거리기 시작했다.

그리고 급기야.

쿠우웅!

결국 놈이 쓰러지고 말았다.

덩치가 워낙 큰 놈이라 대지가 울릴 정도였다.

그것을 확인한 헌터들이 몬스터 앞에 서 있는 박기형의 근처로 모여들었다.

그들은 모두 지친 상태가 되어 전신이 땀에 흠뻑 젖어 있었다.

"제길. 이거 우리도 피해가 너무 크군. 이래서야 얻은 것보다 잃은 게 더 많잖아."

"맞아. 우리 정도의 길드라고는 해도 이런 레벨인줄 알았으면 의뢰를 받지 않았을 거야."

남은 인원은 전부 8명.

그나마도 멀쩡한 사람은 박기형을 포함해 4명 정도였다.

나머지 4명은 부상이 제법 커 더 이상의 전투는 무리였다.

"그래도 이정도의 전투 코뿔소의 사체라면 돈이 될 거다. 그리고 선금 5억에다 나머지 금액 5억도 곧 입금이 될 거야. 그 정도면 의뢰비로는 충분하지 않은가?"

박기형의 말에 몇 명의 눈썹이 꿈틀했다.

"씨발. 겨우 그 정도로 만족하라고?"

"중간에 사살한 몬스터로부터 얻은 부산물도 제법 되는 걸로 알고 있다."

"큭큭. 우린 저 보석이 더 탐나는데 말이야."

"그건 계약이랑 틀린데?"

"씨발! 알게 뭐야? 우리도 이렇게나 많은 인원이 당해버렸다고. 손해를 만회하려면 저 보석이 필요하지. 모두 안 그래?"

사내가 주변을 돌아보며 동료들에게 말하자 모두 웃으며 동의했다.

"당연하지."

"맞아. 맞아."

그러자 박기형의 눈이 날카로워졌다.

"그래서 계약서를 쓴 거 아닌가?"

"킥킥. 계약서는 씨발. 그거야 대장이 한 거지. 그리고 우리가 겨우 그 정도 돈이랑 저 사체만으로 만족할 것 같아?"

그 말에 박기형이 피식 웃었다.

"그래. 만족하지 않을 거라고는 생각했었지."

"뭐?"

파파파파파팟!

"크앗!"

"악!"

"크윽!"

순식간에 6명의 머리에 볼트가 꽂혔다.

박기형의 주특기인 연사에 방심하던 그들이 당해버린 것
이다.

동료들 6명이 눈 깜짝할 사이에 쓰러져 버리자 두 명의
사내가 움찔하더니 뒤로 물러섰다.

이들은 이미 부상 상태라 싸우기 힘든 몸이었다.

"저, 저기 이봐."

"노, 농담이었다고."

파팟.

그러나 그런 것에는 상관없이 곧바로 박기형의 석궁에서
발사된 두 발의 볼트가 그들의 심장을 꿰뚫어 버렸다.

"아악!"

"큭!"

그리고 박기형은 주변을 돌며 부상으로 제대로 움직이지
못하는 사람들까지 찾아 모두 사살해 버렸다.

그 모습을 계속 숨어서 지켜보던 박설화의 눈은 경악으
로 물들었다.

갑자기 나타난 무리들이 용병길드라는 사실과 그들을

고용한 자가 박기형이라는 것은 그녀도 전혀 알지 못하고 있던 일이었다.

그제야 박기형이 던전의 입구에서 두리번거렸던 이유를 알 것 같았다.

박설화가 숨어 있던 자리를 벗어나 모습을 드러냈다.

"어떻게 된 거지?"

갑자기 등 뒤에서 들려온 음성에 멈칫하던 박기형이 천천히 돌아본다. 그리고는 그녀를 확인하고는 밝게 웃었다.

"이게 누구야. 누나잖아. 아직 살아 있었네. 정말 다행이다."

"내 질문에나 대답해. 도대체 지금 이게 무슨 상황이야? 난 왜 아무것도 몰랐던 거지?"

"……."

"빨리 말해봐!"

"그냥 개인적인 의뢰일 뿐이야."

"개인적인 의뢰? 팀원들이 던전에 들어온 상황에서 무슨 의뢰? 그리고 이 몬스터는 도대체 뭐야? 처음부터 이 던전 제대로 조사한 거 맞아?"

"도대체 뭘 알고 싶은 거지?"

"모든 걸 다."

그 말에 무표정하게 서 있던 박기형이 갑자기 웃기 시작했다.

"큭큭."

그 모습을 차갑게 바라보는 박설화.

"과연 그랬구나. 오빠의 죽음에 네가 개입되었다는 사실. 그리고 내가 얼마 전에 갔던 던전의 정보도 애초에 조작되어 있었어. 결국 나도 오빠처럼 던전에서 죽어버리길 원했던 거고."

"킄킄. 제법 눈치가 빠르네. 둔한 년인 줄 알았더니."

"개자식!"

"이거 왜이래? 배다른 누나이긴 해도 나름 대접도 해줬는데 말이야."

박기형은 박설화와 그의 오빠 박기철과는 달리 배다른 동생이었다.

아버지가 밖에서 낳아 데리고 들어온 사내아이.

하지만 어릴 적부터 늘 돌봐온 동생이었고, 어머니가 다르긴 했지만 박기형 역시도 형과 누나를 진심으로 따랐었다.

그런데 어디서부터 실타래가 꼬인 것일까?

어느새 박기형의 손에 쥐어진 석궁이 그녀를 향해 있었다.

"개자식. 나까지 죽일 셈이었어. 결국 이 던전에 들어온 진짜 목적이 내 목숨이었던 거니?"

"아니."

"그럼 뭐야?"

"사실 말이야. 누나는 그때 죽었어야 했어. 그 염동력을 쓴다는 이상한 녀석이 아니었다면 이런 고민을 할 필요도 없었고. 여기 던전은 이미 예전에 계획되어 있던 곳이야. 저기 뒈져 버린 놈들은 용병길드 녀석들이지. 애초에 저 녀석들도 이곳의 제물로 쓰기 위해서 의뢰를 넣었던 거야. 전투 코뿔소가 가진 루비 마나석을 얻기 위해서였지. 저것이 있다면 나도 궁극의 4급 헌터를 꿈꿀 수 있어. 그렇게 된다면 우리 골드피닉스가 탑10길드에 들어가는 것도 꿈은 아니야."

묵묵히 듣고 있던 박설화의 미간이 찌푸려졌다.

동생에 대한 그동안의 믿음이 한순간에 박살이 난 것이다.

자신은 그런 것도 모르고 이용만 당해왔으니 기가 막힐 수밖에 없었다.

"쓰레기 같은 자식."

"이젠 잘 가. 길드는 내가 반드시 크게 성공 시킬 테니까 너무 걱정은 말고."

그리고는 석궁의 방아쇠에 힘이 들어가려던 그 순간.

푸슉!

"크억!"

박기형의 가슴팍을 뚫고 나온 거대한 검.

"씨발 새끼가 우릴 속여?"

전투 코뿔소 가시에 의해 죽었을 거라고 생각되었던 대머리의 사내가 쓰러진 채로 검을 던지고는 지껄이다 낄낄거리고 웃었다.

피슉.

"크악!"

박기형의 석궁의 볼트가 대머리의 머리 한가운데를 뚫어 버렸다.

그리고 초점을 잃은 눈의 박기형이 자신의 가슴을 뚫고 나온 검 날을 내려다보며 믿을 수 없다는 표정을 짓더니 그 대로 쓰러졌다.

털썩.

눈을 크게 뜨고 쓰러진 채로 부들부들 떨었다.

그리고 그의 전신에서 뭔가 알 수 없는 것이 빠져 나가는 기분이 들었다.

'내가 지금 무슨 짓을 한 거지?'

의식이 꺼져가는 그 찰나의 순간.

박기영은 자신이 이제까지 해왔던 일들 때문에 혼란에 빠져 있었다.

형을 죽음에 이르게 만들고, 누나까지 죽이려 했던 자신을 도저히 이해할 수 없었던 것이다.

그리고 모든 일이 우연히 얻은 토파즈의 에너지를 정제해 몸속에 주입하면서 시작되었다는 것도 알게 되었다.

그 때문에 순식간에 8급에서 6급의 각성자가 되었지만 시간이 흐를수록 분노가 걷잡을 수 없이 쌓여 갔다. 평소에 좋아했던 형과 누나에게조차 분노의 감정이 분출되고 있었다.

급기야 길드를 자신의 손에 넣고 싶다는 충동에 사로잡혀 거짓 보고서를 만들었고 위험한 던전에 제대로 대비를 하지 못한 형을 죽게 만들었다.

그렇게 마무리 될 줄 알았는데 형의 유지를 잇겠다며 누나까지 나서자 결국 그녀도 죽일 생각을 했다.

마침, 자신의 몸에서 느껴지는 알 수 없는 힘이 에메랄드 마나석이 있는 장소를 알려주었고, 그곳에 대한 정보를 확인한 후 그녀를 그곳에 보내기로 결정했다.

그녀가 그곳에서 살아나온 건 의외였고, 거기다 에메랄드 마나석까지 구해 왔다.

처음엔 그녀의 에메랄드 마나석에 욕심을 가졌지만, 곧 그는 이미 루비 마나석이 있는 장소까지 알아 버렸다.

물론 자신의 그 알 수 없는 능력에 의해서 말이다.

어떻게 그게 가능했는지는 관심이 없었다.

그저 힘을 원했고, 그것을 바탕으로 길드를 최고로 만들고 싶다는 생각에만 사로잡혔다.

그런데 죽어 가는 이 순간 모든 것을 깨달았다.

자신이 무언가 알 수 없는 힘에 빠져 제정신이 아니었다는 걸.

그리고 결국 그 미친 짓의 결과가 지금 자신에게 벌어졌다는 걸.

'차라리 잘 된 거야.'

그렇게 생각하는 사이 그의 의식은 점점 꺼져만 갔다.

털썩.

박기형은 그렇게 숨이 끊어지고 말았다.

동생이 그렇게 배에 커다란 검이 꽂힌 채 바닥에 쓰러져 있는 모습을 바라보던 박설화.

잠시 동안 박기형을 내려다보던 박설화가 곧 표정을 굳히고는 고개를 들어 전투 코뿔소의 머리에 박혀 있는 붉은 빛의 보석을 바라보았다.

영롱하게 빛나는 루비 마나석.

그것이 자신을 빨아들일 것 같은 귀기를 흘린다.

박설화는 자신의 허리에 꽂혀 있던 단검을 꺼내 몬스터의 사체 쪽으로 다가갔다.

그리고 검을 들어 보석 주위를 칼로 후벼 파기 시작했다.

그리고 어느 정도 루비 마나석의 주위를 파내고 나서는 손으로 그것을 쥐었다.

"이익."

힘을 주어 신경 줄이 잔뜩 이어져 있는 것들을 뜯어냈다.

그리고 단검을 떨어뜨리고는 두 손으로 그것을 감싸 쥐었다.

아름답다.

에메랄드 마나석보다 더욱 더.

그녀는 자신의 품 속에 있던 에메랄드 마나석을 꺼냈다.

늘 품 속에 지니고 다니고 있었다.

이것을 얻고 나서는 힘에 대한 열망이 더욱 늘어났다.

양손으로 두 마나석을 바라본다.

그 아름다움에 취해 버릴 것 같은 기분이었다.

그런데 그때였다.

위이잉.

부르르르르.

루비 마나석이 진동을 하기 시작했고, 더불어 에메랄드 마나석까지 동시에 떨기 시작했다.

"이, 이게 무슨?"

손이 뜨거워지는 느낌에 화들짝 놀랐다.

그리고 갑작스러운 상황에 놀란 박설화가 두 개의 마나석을 손에서 떨어뜨리려고 했다.

그러나.

두 개의 마나석이 손에서 떨어지지 않았다.

그리고 마나석에서 검은 액체가 스며 나오기 시작하더니 그녀의 손을 적신다.

"이, 이게 도대체……."

검은 액체가 닿은 손에 감각이 사라진다.

그리고 그 액체가 빠르게 손을 타고 그녀의 전신으로 퍼져 나갔다.

"아, 안 돼."

그녀의 전신이 부들부들 떨린다.

그런데 그때였다.

사사삭.

거대한 그림자가 박설화의 근처로 다가왔다.

그녀는 부들부들 떨며 고개를 들어올렸다.

그러자 커다란 무언가가 자신을 내려다보며 이상한 소리를 내고 있었다.

"크륵. 크륵. 크륵."

그 모습을 올려다보는 박설화의 눈이 커지고 말았다.

커서 마스터
Cursor Master

4. 오염된 영혼에게 안식을

커서 마스터
Cursor Master

4. 오염된 영혼에게 안식을

유정상이 근처 마트에서 장을 보고 아파트 단지 입구에 들어서는데 파란색의 고급 외제 세단이 그의 곁에 멈춰 섰다.

"……?"

누군가 싶어 고개를 살짝 틀어 운전석 쪽을 바라보니 썬팅이 짙게 되어 있던 창문이 스르륵 내려온다.

그리고는 그곳에서 반가워하는 목소리가 들려왔다.

"유정상씨."

"아."

놀랍게도 얼마 전에 유정상이 던전에서 목숨을 구해주었던 송대호였다.

"여긴 어쩐 일입니까?"

유정상이 머리를 갸웃거리며 물었는데 그가 서둘러 차에서 내리더니 웃으며 대답한다.

"업무 차 교류 중인 길드가 근처에 있어서 거기 들렀다 돌아가는 길입니다."

"아, 그렇군요. 그럼 다음에 또."

그렇게 대답하고는 유정상이 몸을 돌리려하자 송대호가 급히 그를 불렀다.

"저기 유정상씨."

"네?"

"이렇게 길에서 만난 것도 인연인데 같이 식사나 한번 할까요?"

그로서는 목숨 빚이 있으니 뭔가 보답을 하고 싶어 했으나 유정상이 한사코 그를 피하고 있었다. 그렇다고 해서 계속 전화를 거는 것도 실례라고 생각했던 터라 어쨌든 우연하게라도 만났으니 대화라도 하면서 그와 친분을 쌓고 싶었다.

물론 그의 신비한 능력을 경험한 탓에 그가 예사 인물은 아니라고 생각하고 있었다.

"집이 코앞인데 식사는요. 그리고 빨리 집에 가 봐야 해서."

별로 바쁘지도 않은 한가로운 인간인 주제에 괜히 바쁜 척을 했다.

그러지 않는다면 또 뭔가 건수를 붙여 귀찮게 할지도 모를 일이기 때문이었다.

"그, 그러시군요. 집이 어디신데요?"

"저기요."

양손엔 20리터짜리 쓰레기봉투를 들고 있던 터라 턱으로 자신이 살고 있는 아파트를 가리켰다.

유정상이 가리킨 방향으로 송대호의 시선이 갔다.

지어진 지 조금은 오래되어 보이는 평범한 서민 아파트.

일반적인 각성자도 중급 수준 이상의 아파트에서 살고 있는 게 상식과도 같은 일이라 의외라는 생각이 들었다.

굉장한 능력자로 인식하고 있었기 때문에 더 의아한 점이었다.

하지만, 각자의 사정이라는 것도 있는 것이니 함부로 내색할 수는 없는 일.

"여기에 사셨군요."

송대호가 어색하게 웃으며 말하는데 유정상은 그곳을 벗어나려는지 이미 몸을 돌리고 있었다.

이번에도 틀렸다는 생각에 송대호가 유정상에게 말했다.

"그럼 다음에 뵙도록……."

"누구시니?"

갑자기 나타난 중년의 여인이 그들에게 다가오며 유정상에게 아는 채를 하자 송대호가 입을 다물었다.

"엄마."

갑자기 등장한 어머니 때문에 살짝 당황한 유정상.

"누구시니 이분?"

"저기, 그, 그게."

그 말에 화들짝 놀란 송대호가 꾸벅 인사를 했다.

"안녕하십니까? 화이트 스톰 길드의 송대호라고 합니다."

그의 행동에 놀란 유정상의 어머니의 눈이 커다랗게 변해버렸다.

"길드요? 그럼 혹시 사장님?"

"네? 네. 뭐, 일단은 그렇습니다만. 사장이라는 명칭은 좀……."

갑자기 그녀가 아는 체를 하자 얼떨떨해 하는 송대호.

"어머나, 반가워요. 제가 정상이 엄마랍니다. 저희 못난 정상이가 신세를 지고 있습니다."

"네? 무슨 말씀이신지? 오히려 제가……."

그때 유정상이 어머니를 막아섰다.

"저, 저기 개인적인 일이니까 엄마는 그냥……."

하지만 어머니는 그런 아들의 모습에도 아랑곳없다.

"그런데. 여긴 어쩐 일로?"

"아, 네. 근처에 업무 차 들렀다가 정상씨를 만나는 바람에……."

송대호의 말에 그녀가 유정상의 아래위를 훑어보더니 미간을 잔뜩 찌푸린다. 자신의 아들 꼴이 영락없는 운동복 차림의 백수건달과 다를 바 없었기 때문이었다.

하지만 이런 상황에서 아들을 나무라는 건 별로 좋은 모습이 아니라 곧바로 말을 돌렸다.

"이왕 이렇게 오셨으니까. 저희 집으로 가셔요. 누추하긴 하지만, 음. 식사는……?"

"아직."

"잘 됐네요. 이렇게 정상이가 장도 봤으니 같이 가세요."

"네?"

그렇게 말한 송대호가 다시 유정상의 눈치를 살폈다.

유정상도 일이 이렇게 된 이상 할 수 없다는 표정으로 고개를 살짝 끄덕이자 그것을 확인한 송대호가 웃으며 대답했다.

"네. 어머니."

"아유. 어머니는요."

그렇게 유정상의 어머니에 의해 반쯤은 끌려가다시피 집으로 따라 들어가 버렸다.

역시나 바깥에서 봤던 대로 조촐한 실내의 모습.

하지만 오히려 이런 모습이 정겹다고 생각하는 송대호였다.

유정상의 어머니가 음식준비를 위해 부엌에 있는 동안 거실에서 눈치만 보던 송대호가 유정상에게 조심스럽게 물었다.

"저기. 아까는 눈치 때문에 말씀 못 드렸습니다만, 어머님께서 말씀하신 항상 신세를 진다는 게 무슨 뜻입니까?"

"에휴."

유정상도 상황이 이렇게까지 진행되어 버리자 할 수 없다는 듯 한숨을 쉬고는 대충 설명을 했다. 자신이 작은 길드에 취직을 했다고 집에다 거짓말을 했는데 그곳의 대표라고 생각하는 것 같다는 이야기를 하며 머리를 긁적였다.

거기다 자신이 그곳에 마사지사로 취직을 했다는 이야기까지 말이다.

그런데 송대호는 유정상의 말에 꽤나 관심을 가지는 모습이었다.

"아, 그런 일이 있으셨군요. 이거 본의 아니게 폐를 끼치게 되었습니다."

"아뇨. 이왕지사 이렇게 된 거 한 가지만 부탁할게요."

"말씀하십시오."

"그냥 그쪽 길드에 취직한 걸로요."

"네?"

"곤란하려나?"

"아, 아뇨. 절대 그럴 리가 없습니다. 오히려 제가 부탁을 드리고 싶었지만 길드 규모가 너무 초라해 말씀드리기 부담스러웠거든요."

"아니. 특별히 그쪽에 출근하려고 하는 건 아니고요."

"상관없습니다. 출근을 하시든 안하시든 자리는 분명히 만들어 두겠습니다."

"그 정도까지는 필요 없는데."

"아닙니다. 안 그래도 길드의 복지차원에서 뭔가를 준비하려했는데 마사지실을 만드는 것도 괜찮을 것 같습니다."

"그, 그런가요?"

송대호의 표정이 꽤나 진지하니 뭔가 더 이상 이야기하기가 어려워졌다.

그런데 그때 부엌에서 소리가 들려왔다.

"식사하세요."

"네."

조촐한 된장찌개였지만 생각 이상으로 맛있었기에 열심히 먹는 송대호.

그런 모습을 만족스런 얼굴로 바라보는 어머니를 곁눈질로 바라보는 유정상이 한숨을 쉬었다.

그런데 식사를 하는 도중에 갑자기 송대호가 유정상에게 말했다.

"유 팀장님. 앞으로 잘 부탁드리겠습니다."

"네?"

유정상의 뭔 소린가 싶어 눈을 동그랗게 뜨며 물었다.

"팀장님 덕분에 길드가 더 발전할 것 같군요."

"우리 정상이가 팀장인가요?"

"모르셨습니까?"

"몰랐어요. 앤 회사, 아니 길드 이야기를 별로 하지 않아서."

그렇게 말하며 섭섭한 눈빛으로 바라보는 어머니, 그리고 그녀의 눈빛이 부담스러워 시선을 피하는 유정상이었다.

"사실, 제가 유정상씨께 정말 큰 신세를 진 일이 있었거든요. 그때의 도움이 아니었다면 큰일날 뻔 했었습니다."

"그냥 피곤해 보여서 그걸 풀어줬을 뿐이라고 들었는데."

"아닙니다. 훨씬 더 심각한 상황이었죠. 아무튼 유정상씨의 능력 때문에 고비를 넘길 수 있었고, 곧바로 저희 회사에 입사해 달라고 제가 부탁을 드렸으니까요."

진실과 거짓을 적당히 섞은 말.

어쨌거나 그 말에 크게 놀라는 어머니였다.

당연히 길드의 대표라는 사람이 그렇게까지 아들에게 말했을 정도면 아들이 자신의 생각 이상으로 능력이 있다는 이야기가 아닌가?

"어쩐지 금방 입사했는데 회사에서 차까지 사주시는 게 좀 이상하다 했더니 그런 사정이 있었군요."

자동차 이야기는 아직 듣지 못했던 송대호였지만 대충 돌아가는 사정을 눈치채고는 그가 다시 입을 열었다.

"필요하신 게 있으시면 말씀해 주세요. 길드 차원에서 최대한 지원해 드리겠습니다. 유정상씨 같은 인재를 잡을 수 있다면 할 수 있는 건 뭐든 해야죠."

"어머나, 감사합니다. 사장님."

"아, 저기. 그냥 대호라고 불러주세요. 유정상씨와 비슷한 나이니."

"아이구. 그래도 그건 아니죠. 어쨌든 사장님은 사장님이시니."

상황이 이상하게 돌아가자 결국 유정상은 그냥 입을 다물고 말았다.

그래도 어머니가 저렇게나 좋아하시니 거짓말이기는 해도 딱히 나쁘지 않은 기분이었다.

그런데 상념에 잠겨 있던 유정상을 깨우는 일이 생겼다.

[미션 발생.]

"응?"

유정상의 머리에서 갑자기 커서가 쏙 빠져나가더니 이번에도 부르르 떨며 미션을 하달했다.

"왜 그러니?"

"아, 아무것도 아니에요."

곁에서 같이 식사를 하던 송대호도 의아한 표정으로 유정상의 얼굴을 살피자 헛기침을 한번 하고는 자리에서 일어났다.

"잠시 만요."

그렇게 말하더니 자신의 방으로 들어갔다.

밥 먹다 말고 갑자기 방으로 들어가는 유정상을 보던 어머니가 송대호를 바라보며 어색하게 웃었다.

방으로 들어온 유정상이 커서를 바라보며 의자에 앉았다.

[좌표는······.]

이번에도 커서가 좌표를 알려준다.

휴대폰으로 위치를 확인해보니 강원도 쪽이다.

"어? 이번엔 좀 머네?"

그리고는 좌표가 가리키는 던전에 대해 찾아본다.

곧바로 이름을 확인했다.

"마성의 던전?"

그런데 뭔가 떠오른 게 있어서 휴대폰을 들어 전화를 걸었다.

신호가 가더니 곧 전화를 받는 소리가 들린다.

─ 어. 그래. 어쩐 일인가? 그 사이 던전에 갔다 온 건 아니겠지?

박노인의 음성이 전화너머에서 들려왔다.

"그건 아니고요. 잠시 물어볼 것이 있어서."

─ 뭘 말인가?

"전에 골드피닉스에서 공략하려 한다는 던전 말입니다.

강릉에 있다는."

– 그래.

"던전 이름이 뭐죠?"

– 잠시만 기다리게. 어디보자.

뭔가를 뒤적거리는 소리가 들려왔다.

–흠. 여기 있구만. 흐음. 흠. 골드피닉스라……. 어, 그
래. 여기. 그래 '마성의 던전' 이군.

혹시나 했는데 유정상의 예상이 맞아버렸다. 우연치고는
묘하다는 생각이 들었다.

유정상이 미간을 좁히는데 박노인의 말이 이어졌다.

– 아참, 골드피닉스 그 친구들 말일세. 이미 던전에 들어
갔다더군.

"그런가요?"

그러고 보니 그녀가 이야기했던 날이 조금 지난 것도 같
았다.

하지만, 크게 관심은 없었다.

그런데 유정상이 의뢰하지도 않았는데 따로 조사를 계속
하고 있었던 건 의외였다.

– 그런데 말일세. 하루가 지났는데 아무도 나오지 않았
다는군. 그쪽 분위기를 봐서는 아무래도 모두 죽은 게 아닌
가 하더군.

"그렇군요."

던전에서 죽는 거야 흔한 일이다.

하지만 나름 짧은 인연이었지만 박설화를 기억하는 유정상으로서는 조금 개운치 않은 기분이 들었다.

– 그런데 말이야. 이번엔 대표인 박설화뿐만 아니라 박기형도 들어갔다는군. 만약 아까 그 예상대로라면 골드피닉스는 이걸로 공중분해가 되거나 다른 녀석의 손에 들어갈 테지.

"……."

– 아, 그리고 또 알려줄 일이 있다네.

전화를 걸지 않았으면 어쩔 뻔했나 싶었다.

"뭡니까?"

– 발광석 말일세. 그거 때문에 말인데. 혹시 다른 광석도 구할 수 있을까 싶어서 말이야.

"다른 거라니 혹시 스트로늄이나 아다만티움 같은 거 말입니까?"

– 그래. 잘 알고 있군.

"아직 구한 건 없는데 왜 그럽니까?"

– 자네 발광석을 구입하겠다는 자가 모두를 1억 5천에 구입하겠다고 해서 말이지.

엄청난 금액에 살짝 놀랐다.

발광석이 그렇게나 돈이 될 거라고는 생각하지 못했다.

–알지 모르겠지만, 그만한 가치가 있는 건 아니라네.

그럼 그렇지.

– 구입하고자 하는 사람은 나와 친분이 있는 대장장이라
네.

"대장장이요?"

– 그렇네. 그 친구가 말이지. 던전의 금속을 구입하고 있
는데 내가 자네의 이야기를 했더니 자네가 가져온 발광석
을 모두 구입하고 싶다더군. 어차피 대장간에서 많이 사용
하는 광석이기도 하니까. 그런데 그는 다른 광석도 구한다
면 꼭 자신에게 팔아달라고 하더란 말이지. 아무래도 자네
가 워낙 많은 물건을 구해오니 자네와 연을 만들고 싶은 탓
일 게야.

"하지만 아직 다른 광물은 발견하지 못했는데요."

– 앞으로 말일세. 약속만 해준다면 발광석도 계속 같은
가격에 구입해 주겠다더군. 어떤가?

나쁘지 않은 조건이라 쾌히 승낙했다.

"알겠습니다."

하지만 발광석을 다시 발견할 수 있을지는 미지수다.

–그래. 그럼 조만간 좋은 걸 많이 구해오길 바라겠네.

할 말만 하고 끊어버린다.

박노인의 늘 한결같은 모습에 그냥 피식하고 웃어버렸
다.

그리고 유정상은 전화를 끊고 나서 미션에 대해 생각하
고는 미간을 좁히더니 곧 방을 나갔다.

다음날.

유정상은 아침 일찍 차를 끌고 강원도로 향했다.

미션에 시간 제한이 있는 것도 아니라 급하진 않았지만 유정상 본인이 궁금함을 참을 수 없었던 것이다.

분명 '미션 발생'이라는 그 말이 신경 쓰였던 것이다.

보통은 미션 발생이라는 것도 던전에 들어가서야 생기는 말이다.

그런데 밖에서 미션이 생겨버렸다.

그리고 발생이라는 건 말 뜻 그대로 어느 순간 만들어졌다는 뜻이 아닌가?

박설화가 들어간 던전에서 뭔가 특별한 일이 생겨났다는 뜻으로 봐야 할 것이다.

물론 우연일수도 있다.

그러나 시기가 공교롭다.

이런저런 생각이 머리를 가득 채웠지만 결국 직접 눈으로 확인해보면 알 것이니 그냥 털어내 버렸다.

"그나저나 장거리는 좀 귀찮네. 기능이라고 해봐야 크루즈 컨트롤과 차선 이탈 방지뿐이니."

미래엔 중앙 통제 시스템에서 관리하는 자동운전 프로그램으로 인해 고속도로 같은 곳에선 목적지에 도착하기 전까지 자동으로 이동하게 되어 있다.

물론 직접 운전하는 맛은 없지만, 어쨌든 그것 때문에 교통사고가 현저히 줄어들었고, 전체적인 교통흐름을 조절하는 덕분에 구간별 정체현상이 줄어 들었다.

물론 그런 시스템도 결국은 마정석이라는 안정적인 에너지를 기반으로 사회가 발전해 나갔기 때문에 가능하긴 했지만 말이다.

강릉의 오대산 비로봉 인근.

확실히 일부러 찾아오기에도 귀찮은 곳은 분명했다.

던전입구에 도달하자 컨테이너를 가져다 아무렇게나 만든 듯 보이는 어설픈 형태의 사무실이 보인다.

이것만 봐도 평소에 얼마나 사람이 찾지 않는지 짐작이 갈 정도였다.

"혼자요?"

덥수룩한 수염을 기른 50대의 중년 사내가 유정상의 아래위를 훑으며 대뜸 그렇게 물었다.

"네."

"이 던전에 대해 조사는 하고 오신 거 맞소?"

"뭐, 대충은. 단순한 3성급은 아니라는 것 정도."

"나야 관계없지만 말이유. 엊그제에 들어간 팀도 몽땅 행방불명이 되었소. 도대체 이곳에 뭐가 있기에 불나방처럼 달려드는 것인지."

일반적인 공무원과는 다른 사람이었다.

195

보통은 그냥 기계적인 말과 함께 돈만 받고 마는데 이 사람은 뭔가 이해하지 못하겠다는 분위기다.

아마도 이런 일에는 별로 맞지 않는 사람이 아닐까 싶었다.

어쩌면 윗사람 눈 밖에 나서 좌천이 된 것일지도.

사정이야 어떻든 입구에서 이렇게 시간을 허비하는 게 마음에 들지 않았다.

"입장료는 안 받을 셈인가요?"

"크음. 본인이 그렇게까지 들어가고자 한다면 별수는 없지만. 어쨌든 100만 원이유."

입장료 백만 원을 결재하고 던전에 진입했다.

그 모습을 보던 공무원 사내가 혀를 쯧쯧 하며 찬다.

"오늘도 한 사람이 저렇게 사라지는구만. 팀으로 찾아와도 어려운 곳인데."

나름 던전이 열리던 시점부터 많은 각성자들을 접해 온 그에게 유정상은 이제 갓 각성한 풋내기 이상으로는 보이지 않았던 것이다.

사실 이곳 던전을 지킨 지도 몇 년째.

처음에야 길드 같은 단체들이 제법 찾아오곤 했지만, 언제부턴가 각성자들의 방문이 뜸해졌다. 그리고 이곳에 뭔가가 있다는 소문이 돌았는지 소리 소문 없이 찾아오는 사람들도 제법 있었다.

그러나 대부분은 이 던전을 빠져나오지 못했다.

분명 에너지 측정 상으로는 3성급이 맞지만 뭔가 위험한 것이 있는 게 틀림없다는 게 그의 생각이었다.

아무튼 단체가 아닌 개인으로 던전을 찾아오는 건 정말 드문 일이다.

"그나저나 오늘은 무슨 날인 건가? 아까도 한명이 들어가더니."

그러고 보니 새벽에도 젊은 각성자 한명이 들어가긴 했었다는 걸 기억해냈다.

유정상이 던전에 들어가자마자 미션이 하달되었다.

[미션]
[오염된 영혼들을 안식처로 보내라.]

"어? 오염된 영혼?"

들어오자마자 오염된 영혼이라니 뭔 소린가 싶었다.

이제까지는 그래도 어렴풋이나마 대충은 알 만했는데 정말이지 이번 건 뜬금없다는 느낌이 강했다.

영혼의 휴식처라면 그 모닥불을 의미하는 것 같기는 한데, 안식처는 뭘 말하는 지 알 수가 없었다.

"서로 다른 건가?"

[미션을 해결하지 못할 시 오염된 영혼의 폭주로 인해 차원의 틈이 발생하게 된다.]

[미션 실패 시 4레벨의 하락과 함께 1만 골드가 사라진다.]

[미션수행까지 남은시간 48시간]

[미션을 수행할 아이템이 주어집니다.]

"컥! 1만 골드?"

곧이어 인벤토리에 이미 앞전에 미션을 수행하며 접했던 푸른색의 '활력의 불꽃'이 생성되었다.

[활력의 불꽃은 회수가 가능하다.]

"회수가 가능해?"

그렇다는 건 영혼의 휴식처를 다른 곳으로도 옮길 수 있다는 뜻이다.

상황에 따라서는 굉장히 유용해 보이기도 했다.

[스킬 생성.]

[대지의 수호령 코슘의 눈]

[대지의 기운을 파악할 수 있다.]

앞전에 있던 코슘의 안경기능이 스킬로 전환되었다.

스킬을 시전해 보았다.

안경을 꼈을 때처럼 대지가 옅은 푸른색으로 변한다.

물론 시야가 어두워진다는 사실도 같아서 이 상태로는 뭔가를 할 수 있을 것 같지 않았다.

곧바로 스킬을 해제했다.

아무튼 결론은 영혼의 휴식처를 만들어야 한다는 것이고, 결국 안식처라는 것도 비슷한 종류일 것으로 짐작이 되었다.

"뭔가 점점 미션이 복잡해지는 기분이네."

"삐이."

"너도 그렇게 생각하냐?"

"삐이."

"그래그래."

교감기능 때문인지 언제부턴가 유정상은 백정과 간단한 대화를 나누고 있었다. 일반적인 동물과의 대화처럼 일방적인 혼잣말이 아니라 실제 교감으로 이뤄진 대화였다.

아직은 긴 대화는 불가능 하지만.

그런데 이번 던전의 기운은 앞전의 3성급 던전과는 사뭇 다르다.

배경은 같은 정글이라 외관상으로는 비슷해 보이기는 하지만 에너지의 흐름이 다르다고나 할까. 어쨌든 축축하면서도 기분 나쁜 그런 곳이었다.

커서가 가리키는 방향을 확인하며 걷기 시작했다.

그런데 그때였다.

[경고. 몬스터 출현.]

"응?"

휘리릭.

뭔가 갑자기 빠르게 유정상의 아래로 미끄러지듯 기어와
서는 잽싸게 그의 다리를 감으려했다.

쓱싹.

뎅겅.

백정의 빠른 칼부림에 그것이 잘려버렸다.

"쿠에에엑!"

커다란 비명소리와 함께 근처에 있던 나무가 쿵쾅거리며
움직이더니 뒤로 빠르게 물러났다.

자세히 바라보니 나무가 아니라 그것을 닮은 형태를 지
닌 몬스터 '목금수'였다.

나무를 닮긴 했지만 나름 관절과 다리를 모두 가지고 있
는 동물이라 녹형 같은 식물 몬스터와는 다른 종류였다.

곧바로 유정상이 인벤토리를 열어 귀기소드를 놈에게 날
렸다.

"끼에에엑!"

귀기소드가 박히자 놈이 비명을 지르더니 풀썩 쓰러졌
다.

그리고 쓰러진 자리에 황금 동전 주머니와 붉은색의 다른 주머니가 하나가 생성되었다.

[목금수의 껍질가루]
[냠냠플레이어의 향신료]
[달콤한 맛을 낸다.]

"향신료인가?"

새로운 향신료가 추가되자 기분이 좋아졌다.

안 그래도 다른 맛도 필요한 시기였으니 말이다.

그렇게 고개를 끄덕이며 인벤토리에 넣어 두고는 커서의 방향을 쫓아 계속 걸었다.

그리고 어느 정도 숲 깊숙이 들어가자 뭔가 이상한 기분이 들었다.

뭔가 알 수 없는 이질적이면서도 오싹한 기분이 든다.

유정상은 곧바로 은신 스킬을 시전했다.

초급의 은신 스킬이었지만 마나가 줄어드는 속도가 빠르다. 그나마 마나 스킬 회복 속도가 오른 것과 더불어 인벤토리에 있는 마나 포션으로 인해 걱정이 되는 건 아니었다.

곧바로 미묘한 공기의 흐름이 느껴지는 곳으로 빠르게 움직였다.

그런데 어쩐 일인지 바닥이 움직이는 듯한 묘한 기분.

백정도 뭔가 위험한 냄새를 맡았는지 곧바로 땅속으로 파고들었다.

그리고 잠시 후 움직이던 바닥의 진정한 모습이 드러났다.

자신을 주위 환경에 따라 변화 시킬 수 있는 능력을 가진 뱀 몬스터, 잠신사(潛身蛇)였다.

[이름: 잠신사(潛身蛇)]

[레벨: 9]

[공격력: 270]

[방어력: 260]

[생명력: 1990/1990]

[힘: 110]

[민첩: 28]

[체력: 125]

[지능: 6]

놈이 정체를 드러내자 대충 봐도 길이가 15미터 이상은 되어보였다.

아나콘다보다 월등히 두꺼운 몸 둘레, 그리고 거대한 앞니가 더욱 공포스럽게 보인다.

하지만 은신술의 시전으로 놈은 아직 유정상을 발견하지 못한 상황.

계속 주시하고 있던 유정상이 갑자기 자취를 감추자 자신의 모습을 드러낸 것이다.

하지만, 은연중에 유정상의 기운을 느낀 탓인지 주변을 계속 두리번거린다.

다행인 것은 유정상의 확실한 위치를 아직까지는 파악하지 못하고 있는 상태였다.

그러나 유정상의 상황도 그리 좋지는 않았다.

마나가 절반 이상 떨어져 이대로 계속 있다간 놈에게 발각되고 말 것이다.

귀기소드를 인벤토리에서 꺼내 놈에게 날렸다.

그런데 놈이 귀기소드를 덥석 물었다.

콱.

'젠장.'

귀기소드가 꿈쩍도 하지 않았다.

엄청난 턱의 힘으로 콱 물어버린 상황이라 어쩌면 귀기소드가 부서져 버릴지도 모른다.

곧바로 은신을 풀고 놈에게 주먹을 날렸다.

퍼엉!

"키엑!"

놈이 물고 있던 귀기소드를 놓았다.

이내 자유로워진 귀기소드.

하지만 귀기소드를 인벤토리에 넣지 않고 양동작전에 들어갔다.

슥삭. 슥삭.

팅!

백정이 기습적으로 땅 속에서 뛰어나와 공격을 해봤지만 놈의 강한 피부를 뚫지 못했다.

하지만 작은 백정에게 기습을 당한 게 분한지 잠신사가 거대한 꼬리를 휘두르자 파공성이 일었다.

하지만, 백정은 특유의 빠른 움직임으로 땅 속에 파고 들어가 버렸다.

그 틈에 다시 유정상이 주먹을 날렸다.

퍼엉!

"카아!"

주먹을 맞은 잠신사가 더욱 흥분하며 아가리를 벌려 빠르게 유정상에게 달려들었다.

그때였다.

질풍 늘보의 문신이 발동하며 잠신사의 움직임이 서서히 느려지기 시작했다.

"……!"

유정상은 갑작스런 상황에 조금 놀라기는 했지만 곧이어 몸을 빠르게 움직여 놈을 피해 내고는 놈의 대갈통 측면을 강하게 주먹으로 가격했다.

뻐억!

"키에에에엑!"

강력한 펀치의 충격에 머리가 살짝 꺾이더니 주춤거린다.

뇌 전체에 울리는 발경의 파장이 정신을 흔들었다.

하지만 잠신사는 그 와중에도 아가리를 벌려 유정상을 향해 달려들었다. 그러나 놈의 상태가 상태이니 만큼 미묘하게 어긋난 공격이라 피해 내는 게 그리 어렵지는 않았다.

콱!

이번에도 놈이 엉뚱한 곳을 덥석 문다.

유정상의 근처에 있는 돌덩이.

머릿속이 흔들리니 아무래도 유정상이 하나로 보이는 건 아닌 것 같았다.

귀기소드를 불러와 이리저리 공격하기에 바쁜 잠신사의 머리 쪽을 공격했다.

그러나 잠신사 특유의 강한 피부에 막혀 쉽게 뚫리지 않았다.

하지만, 다시 공격.

팅.

"키익!"

팅. 팅. 팅. 팅.

"크에에엑!"

검이 자꾸만 찔러대니 유정상을 공격하던 놈이 곧이어 머리를 들어 검을 향해 아가리를 벌렸다.

'지금이다.'

곧이어 귀기소드를 빠르게 움직여 놈의 목구멍 속에 박아 넣었다.

"켁!"

놈의 거대한 몸뚱이가 고통 때문에 돌돌 말리며 버둥거리다 사방으로 꼬리를 휘둘러 댔다.

휙. 휙.

콰앙. 쾅.

그 여파로 주변이 초토화 되는 사이 유정상은 멀찍이 물러섰다.

괜히 근처에 있다간 무지막지한 놈의 꼬리에 가격당할 수 있기 때문이다.

그리고 놈의 상태를 확인해 보았다.

그동안의 공격으로 잠신사의 생명이 절반 이상 깎여 있었다.

거기다가 방금 전의 공격 때문인지 착실하게 지금도 줄어들고 있는 상황.

아가리를 벌린 채로 계속 몸부림을 치고 있는 상태에서 인벤토리에서 새로운 창을 꺼내 놈의 입안에다 다시 박아 넣었다.

"키아아아!"

그 사이 줄어들었던 마나도 충분히 차올랐다.

놈이 요란하게 사방으로 꼬리를 휘둘렀기 때문에 약간 거리를 둔 채로 주먹을 날렸다.

퍼엉. 퍼엉. 펑. 펑. 펑.

"끼우이이이이이이!"

유정상의 펀치 수십여 방을 맞고 나서야 놈의 몸부림이
잦아들었고 잠시 후 바닥에 몸을 늘어뜨렸다.

"헉. 헉."

지친 유정상이 헐떡거렸다.

[레벨이 올랐습니다.]

　간만에 레벨 상승.

　이로써 유정상의 레벨도 두 자리인 10에 도달했다.

　잠신사.

　레벨이 그리 높지는 않았지만, 강한 방어비늘로 인해 죽
이는 게 쉽지는 않았다.

　놈의 몸 주위에 아이템들이 잔뜩 떨어져 있었다. 그러나
원숭이의 손 스킬로 한꺼번에 인벤토리에 넣어 버렸다.

　그런데 이번에도 색다른 것이 보인다.

　보통 처음 상대하는 녀석들에게서 이렇게 새로운 아이템
들이 보이는데 이번엔 검은색의 진득한 덩어리 같은 게 보
인다.

[잠신사의 내단(펫 전용)]
[수백 년의 세월을 살아온 잠신사의 강함이 녹아 있다.]
[펫의 능력치를 랜덤으로 상승시킨다.]

"펫 전용인가?"

내단을 커서로 들어 올리고는 주변을 두리번거리는 백정의 모습을 바라본다.

곧 자신에게 무슨 일이 벌어질지 전혀 예상하지 못한 백정은 그저 꼬리만 살랑거리며 흔들고 있을 뿐이었다.

그 모습을 보던 유정상이 씨익 웃어 보이더니 곧 백정의 몸 속에 그것을 불쑥 밀어 넣었다.

팟.

"삐이?"

전혀 예상치 못한 상황에 백정의 눈이 커졌다.

그리고 백정의 몸이 부들부들 떨리더니 털을 잔뜩 세운다.

잠시 후 머리를 중심으로 흰색의 줄무늬가 생겨났다.

[이름: 칼손 두더지(펫)]

[레벨: 9]

[공격력: 230]

[방어력: 210]

[생명력: 1120/1120]

[힘: 18]

[민첩: 30]

[체력: 110]

[지능: 9]

[고유 스킬: 몬스터 사체 처리]

"삐이이이!"

백정이 귀엽게 포효했다.

하지만 정작 백정의 크기는 그대로라 얼핏 봐서는 줄무
늬 말고는 특별히 뭔가 변했다고 하기엔 애매한 느낌이었
다.

그런데 앞발을 치켜들더니 숨겨 있던 칼을 척하니 꺼낸
다.

칼날이 살짝 더 커져 있었으며 날이 더 섰는지 칼끝이 번
쩍거린다.

확실히 그것만으로도 다른 느낌이었다.

"오."

유정상이 보기에도 확실히 백정의 포스가 달라져 있었
다.

"삐이."

백정도 스스로에 대해 만족하는지 연신 자신의 칼을 이
리저리 휘두르며 좋아한다.

그리고는 곧이어 죽어 있는 잠신사 쪽으로 다가가서는
칼은 겨누며 노려본다.

슥삭. 슥삭. 슥삭.

날카로움이 더해진 탓인지 더욱 예리함이 묻어나는 소
리.

그 때문인지 잠신사의 가죽도 이내 벗겨지기 시작하고, 곧이어 잠신사의 고기와 뼈가 분리되었다.

뼈와 가죽을 인벤토리에 넣고 다시 이동을 시작했다.

❖ ❖ ❖

"쩝. 쩝."

푸른색과 검은 색의 조화가 멋들어진 헌터 슈트를 입은 사내가 죽어 있는 몬스터 위에 앉아 던전에 가지고 들어온 은색의 보온 도시락을 열었다.

그 안에 들어있던 음식은 삼각형 모양의 맛있어 보이는 스테이크다.

필레 미뇽(Fillet Minon) 스테이크.

안심 부위의 뒷부분으로 만든 소형의 아주 예쁜 스테이크라는 의미로 보통 스테이크의 꼬리에 해당하는 세모형태 부분을 베이컨으로 감아서 구워낸 것이다.

사내는 포크와 나이프를 이용해 조심스럽게 고기를 잘라 입에 넣었다.

"음."

역시 몬스터의 사체 위에서 먹는 음식의 맛은 일품이다.

자신이 사냥한 몬스터 위에서의 식사는 은근히 정복욕을 채워주는 맛이 있다.

물론 갓 만든 음식에 비할 바는 아니지만 나름 보온이 잘되어 있어 맛이 잘 보존되어 있다.

거기다 던전에서 이렇게 느긋하게 식사할 수 있는 사람이 몇이나 되겠는가?

"쩝. 이만하면 신선노름이지."

굉장히 만족스런 표정으로 고기의 맛을 음미하며 천천히 씹는다.

육즙이 몸속에 퍼져나가는 이 느낌.

그 어떤 고급 레스토랑에서 먹는 것보다 만족스럽다.

그때 그를 숨어서 지켜보던 붉은 눈 한 쌍이 있었다. 사내는 그런 사실은 까맣게 모른 채로 오로지 고기를 먹는 것에만 집중하고 있다.

붉은 눈의 주인은 다름 아닌 푸른 늑대.

덩치는 일반 늑대보다 조금 더 크지만 굉장히 날렵한 몸을 가지고 있다. 그런 푸른 늑대 한 마리가 기회를 엿보다 곧바로 숲에서 튀어나오며 그를 덮쳤다.

그런데 그 순간.

콱.

사내의 옆에 있던 바위가 갑자기 움직이며 돌 다발이 뻗어 나와 푸른 늑대의 목을 움켜쥐었다.

"캐갱!"

그 상태에서 뭉쳐 있던 돌무더기가 벌떡 일어서더니 푸른 늑대를 그대로 들어 올린 채 그대로 땅에 메다 꽂아 버렸다.

콰앙.

"캥!"

한방에 죽어 버렸는지 그대로 뻗어버렸다.

그러나 거기서 멈추지 않고 다시 돌무더기 거인이 주먹으로 내리쳐 푸른 늑대의 머리를 터뜨려 버렸다.

퍼억.

그리고는 늑대가 죽었음을 확인했는지 돌무더기는 다시 원래 자신의 모습으로 돌아갔다.

얼핏 보기엔 일반 돌무더기와는 전혀 다르지 않은 모습이다.

하지만, 그런 주변 일에는 관심 없다는 듯 여전히 스테이크를 꼭꼭 씹는 일에만 열중하는 사내.

이미 이런 일이 자주 있었던 것인지 굉장히 익숙한 것처럼 보인다.

그러고 보니 그가 앉아 있던 몬스터 이외에도 주변에 간간이 다른 몬스터들도 쓰러져 있는 게 보였다.

사내의 이름은 공지훈.

헌터중에서도 굉장히 드문 소환계의 능력을 가진 사내였다.

그의 주특기는 바위에게 생명을 불어넣어 수십여 개의 바위가 얽혀 하나의 유기체로 움직이게 만드는 것이다.

일단 던전에 진입해 그것을 만들면 마나가 완전히 바닥나거나 모두 부셔져 버릴 때까지 충실한 종이 된다. 하지만 그는 소환계의 능력자답게 마나량이 많아 어지간해서는 마나가 모자라는 일은 잘 없다.

그런데 뭔가 그의 코를 자극하는 냄새가 풍겨왔다.

이미 스테이크를 맛있게 씹고 있음에도 그 냄새가 자꾸만 그를 자극했다.

포크로 고기 한 점을 찍어 입으로 가져가다가 멈추고는 그것을 내려다보았다.

어쩐지 냄새의 자극이 심해 스테이크에 대한 관심이 점점 사라져 갔다.

"흐음. 도대체……."

곧바로 그는 몸을 일으켰다. 그러자 그의 곁에 가만히 있던 돌무더기도 벌떡 일어섰다.

가만히 있을 때 돌들이 모여 있는 정도로 보였는데 일어서니 나름 머리와 몸통, 팔과 다리가 구분되어있다.

키는 무려 3미터 가까이 되니 위압감도 상당하다.

하지만 공지훈은 그런 돌거인에 시선도 주지 않고 냄새가 풍겨오는 방향으로 천천히 걸어갔다.

그도 던전을 수년 동안 돌아다녔지만 던전 내에서 풍길 만한 냄새가 아님은 잘 알고 있었다.

그런데 냄새의 근원 근처에 다다랐다고 생각했을 무렵.

척.

갑자기 검은색의 날카로운 검이 눈앞에 나타나 그를 겨누었다.

그때 바위가 빠르게 검을 향해 주먹을 내질렀다. 하지만 그것을 검은 유유히 피해 내고는 곧 다시 공지훈을 겨누었다.

"크어어."

돌거인이 흥분하려 하자 공지훈이 손을 들어 저지했다.

"그만."

공지훈은 검이 자신을 죽일 의도가 없음을 알고 있었기 때문이었다.

그리고 곧 숲속에서 몸을 드러낸 사내.

그는 바로 유정상이었다.

"무슨 일이지?"

조용히 접근하는 공지훈에게 유정상이 감정 없는 목소리로 물었다.

하지만, 공지훈은 능청스런 얼굴로 대답했다.

"냄새."

"……?"

"냄새의 정체가 뭐지?"

공지훈의 말에 순간 유정상이 살짝 미간을 찌푸렸다. 그리고 곧 입을 열었다.

"식사 중."

그렇게 말하며 유정상이 그릇 하나를 들어 보인다.

언제부턴가 인벤토리에 식기도 몇 개정도 챙겨서 다니고 있었던 것이다.

아무튼 유정상이 내민 그릇을 잠시 바라보던 공지훈이 그것에서 풍기는 냄새에 코를 벌름거렸다.

냄새가 너무 좋아서 혼이 빠져 나가버릴 것 같은 기분이었다.

'이렇게 좋은 냄새라니. 도대체 무슨 요리 길래.'

그 모습에 다시 인상을 찌푸린 유정상이 그릇을 가져가 버렸다. 그리고는 하던 식사를 마저 하려고 몸을 돌리려고 했다.

그런데 그때 공지훈이 유정상을 불렀다.

"있잖아. 그거……."

"……?"

"좀 나눠주면 안 될까?"

"싫은데."

그렇게 대답하고는 다시 몸을 돌리려하자 공지훈이 서둘러 그를 불렀다.

"이거 줄게."

조그마한 주머니를 꺼내더니 뭔가를 손바닥위에 쏟아냈다.

송곳 원숭이의 어금니였다.

일반 몬스터의 이빨과 달리 송곳 원숭이의 어금니는 강도 높은 금속의 성질을 띠고 있다. 그래서 그것을 녹여 창이나 검 위에 코팅하면 강도가 월등히 올라간다.

덕분에 저런 것도 밖에 나가서 팔면 가격이 제법 될 것이다.

하지만, 유정상에게는 씨도 먹히지 않을 짓거리에 불과하다.

"그런 건 필요 없어."

"이게 이래 봬도 제법 비싸게 팔리는 물건이야."

"됐어. 그딴 건 너나 가져."

"그, 그딴 거라니."

"식사 방해 말고 돌아가."

"잠깐만. 제발."

애처로운 표정을 지어보이는 공지훈의 모습에 어이가 없어진 유정상이 잠시 황당해하다 곧 한숨을 쉬고는 들고 있던 그릇을 내밀었다.

공지훈의 표정이 너무 안쓰러웠던 것이다.

'얼마나 배가 고팠기에.'

아직 냄비엔 남은 음식들도 있으니 한 그릇 정도는 줘도 상관이 없었던 것이다.

던전에서 사냥하는 것도 결국 다 먹고 살자고 하는 짓이 아닌가? 추잡하게 먹는 걸로 너무 상처 주는 것도 인간이 할 짓은 못되었다.

"땡큐!"

확 밝아진 표정으로 그렇게 대답한 공지훈이 잽싸게 유정상이 내민 그릇을 받았다. 그리고는 냄새를 한 번 더 맡더니 황홀해 한다. 그리고는 그것에 담긴 고기를 손가락으로 집어 입안으로 털어 넣었다.

"쩝. 쩝."

몇 번 씹던 공지훈의 눈이 점점 커졌다.

"헉! 도대체 이거 뭐야?"

충격적이라고 밖에 할 수 없는 기가 막힌 맛에 감탄하고
말았다.

살아생전에 이렇게 맛있는 고기는 절대로, 결단코, 레버!
먹어본 일이 없었기 때문이었다.

"이, 이 고기 도대체 정체가 뭐야? 소고기? 양고기? 닭고
기 맛도 좀 나던 것 같았는데."

"얻어먹는 주제에 시끄럽네."

"그러지 말고 가르쳐 줘. 아니 고기가 중요한 게 아니지.
이런 맛을 내는 양념이 도대체 뭐야? 레시피를 알려줘!"

어떡하든 꼭 알아내고 싶었다.

궁극의 레시피에 반드시 넣어두고 싶었다.

"정말 주절주절. 못 들어 주겠군."

"돈으로 줄까?"

"됐거든."

"필요한 게 있으면 말해봐."

"아, 진짜."

그런데 그때 커서가 경고를 보내왔다.

[경고. 몬스터 출현.]

유정상이 표정을 굳히고는 곧바로 자세를 잡자 뭔가 이상함을 느낀 공지훈도 눈을 빛냈다. 그러자 근처에 있던 돌거인이 사방을 살핀다.

"끼끼끼!"

위에서 고릴라만 한 송곳 원숭이가 떨어져 내렸다.

유정상이 펀치를 날리려 하는 순간, 바위 거인이 거대한 돌주먹을 휘둘렀다.

콰앙.

"끼이이이이이!"

거대한 돌주먹에 얻어맞은 송곳 원숭이의 머리가 터져나가며 먼 곳으로 날아가 버렸다.

"아. 씨발. 맛있는 거 좀 먹으려니까 귀찮게."

심기가 불편해진 공지훈이 팔짱을 끼고 인상을 잔뜩 찌푸린 채로 주변을 희번덕거리는 눈으로 살폈다.

그 시선에 맞춰 돌거인이 이리저리 몸을 움직여 다가오는 송곳 원숭이들에게 주먹을 날렸다.

콰앙. 콰앙.

"끼끼이익!"

"끼아아!"

유정상도 사방에서 다가오는 놈들에게 주먹을 날렸다.

펑. 퍼엉. 펑. 펑.

원숭이들이 비명을 지르며 사방으로 날아간다.

그리고 땅위로 달려들던 놈들이 갑자기 발에서 피를 뿌

리며 펄쩍펄쩍 뛰었다. 그중엔 엉덩이에서 피를 뿌리는 놈
도 있었다.

땅 속에 있던 백정의 공격에 많은 송곳 원숭이들의 다리
나 팔들도 잘려 나갔다.

그렇게 10여분의 시간이 흘렀다.

"헉. 헉."

유정상이 숨을 헐떡이며 이마에 흐르는 땀을 팔로 닦았
다.

공지훈도 기력 소모가 심한지 얼굴이 약간 파리하게 변
해 있었다.

생각 이상으로 송곳 원숭이가 많았던 탓에 백 마리 이상
을 죽이고 나서야 놈들이 물러섰기 때문이었다.

"씨발. 3성급 던전이라더니 순 사기였잖아. 송곳 원숭이
가 이렇게 많이 튀어나오면 어쩌라는 거야?"

공지훈이 투덜거렸지만 유정상은 아무 말 없이 몸에 묻
은 흙을 대충 털고는 어디론가 움직이기 시작했다.

"어이. 어디가?"

"남이야 어디를 가든 신경 끊어라."

"이봐. 그 음식 또 언제 먹을 수 있지?"

"누가 준데?"

그렇게 말하며 유정상이 숲 안으로 들어가자 공지훈이
서둘러 그의 뒤를 따랐다.

"왜 따라오는 거야?"

"어이. 너무 박하네. 이렇게 같이 싸운 전우끼리."

"전우 같은 소리하고 있어."

"난 공지훈이라고 하는데 넌 이름이 뭐야? 참고로 난 5급 이야. 승급한지는 얼마 되지 않았지만."

5급이라는 말에 상당히 놀랐다.

5급 정도의 인물이 3성급 던전에 있다는 것도 의문스럽기는 했지만 어쨌든 그의 이름이 낯설지가 않다.

공지훈……

어디선가 이름을 들어본 것 같은데 기억이 가물거린다.

그리고 녀석의 곁에 있는 바위 거인.

순간 유정상의 표정이 미묘하게 변했다가 곧 녀석에 대한 기억을 떠올렸다.

'스톤 마스터 공지훈?'

공지훈.

미래에서 꽤나 이름을 날리는 각성자 중 한명이었다.

특히나 돌거인을 주변에 두고 몬스터를 때려잡는 특이한 능력 때문에 알려지기도 했지만, 한국에서도 몇 없는 3급 헌터였기 때문에 더 특별했다.

거기다 그는 어느 길드에도 소속되어 있지 않아 수많은 대형 길드의 스카웃 제의가 있었지만 그저 귀찮다는 이유만으로 단칼에 거절한 것으로도 유명했다.

참고로 미래의 대한민국의 최강은 2급, 두 명이 존재했었다.

그러니 미래에도 3급이라는 건 엄청난 수준이었고, 실제로도 한국 탑10인의 헌터 명단에 꼭 들어가는 녀석이기도 했다.

1급?

1급은 미래에도 전 세계에 겨우 5명밖에 존재하지 않을 정도로 희귀한 존재들이었다.

그리고 지금 현재의 한국엔 2급이 존재하지 않는다. 유정상이 알기론 3급 헌터 서너 명 정도만이 있는 걸로 알고 있었다.

아무튼 그는 미래에 3급의 존재였고, 유정상은 9급 말단이었으니 서로 위치가 전혀 다른 덕분에 유정상에게 그는 안드로메다만큼이나 머나먼 존재였던 것이다.

커서로 싱글거리는 공지훈의 상태를 확인했다.

[이름: 공지훈]

[나이: 23세]

[직업: 스톤마스터(소환사)]

[레벨: 13]

[소환수 레벨: 13]

[공격력: 320]

[방어력: 290]

[생명력: 550/550]

[힘: 30]

[민첩: 28]

[체력: 35]

[지능: 11]

'23세인가? 어린데도 5급이라니 굉장한 재능이네. 그나
저나 레벨이 13이라고?'

레벨이 13정도가 되어야 5급이 된다는 건 처음 알았다.

하지만 지금까지의 상황을 정리해보면 대충 감은 왔다.

1-3레벨의 경우는 9급.

3-4레벨이 8급.

4-6레벨이 7급.

6-13레벨이 6급.

13이상의 레벨이 5급 이상.

대충 이런 느낌이다.

현재 유정상의 레벨이 10.

그럼 6급 정도의 능력이라고 보면 된다.

그러나 그건 어디까지나 일반적인 경우이고 유정상은 특
별한 아이템과 스킬, 거기다 가장 중요한 커서의 존재로 인
해 단순한 등급 분류는 의미가 없다.

어쨌거나 녀석의 정체와 레벨에 제법 놀라기는 했지만
그뿐, 유정상은 이내 관심을 끊었다.

어쨌든 자신과는 상관없는 인물이니까.

"알았어. 그럼 잘 가라고."

"어이. 레시피는?"

"시끄럿!"

❖　❖　❖

던전에 들어온 지도 꽤나 시간이 흘렀다.

유정상이 걷는 방향을 쫓아 공지훈이 따라오고 있었고, 그의 등 뒤에는 거대한 돌무더기 거인인 커다란 가방을 들고 따라오고 있었다.

"벌써 시간이 이렇게 되었네."

공지훈이 손목시계를 들여다보며 중얼거렸다.

당연하게도 전자시계는 던전에서 사용할 수 없으므로 아날로그 방식의 시계였다.

물론 그렇다고 구형은 아니다.

스위스의 유명한 장인에게 특별히 주문해 만든 진짜 명품중의 명품시계였다.

"야, 유정상. 이제 슬슬 나가야 되겠는데. 넌 안 나갈 거야?"

공지훈이 무표정하게 걷는 유정상에게 바짝 붙으며 물었다.

몇 시간 동안 달달 볶는 바람에 하는 수없이 이름을 가르쳐줬더니 그다음부터는 굉장히 친한 척을 했다.

하지만, 입이 조금 가벼운 거 말고는 그렇게 나쁜 녀석은 아니었다.

5급 정도 되면 나름 프라이드가 높아 거들먹거리기 쉬운데 그런대로 소탈한 성격이었다.

"그만 귀찮게 하고 그냥 나가라."

그런데 갑자기 공지훈이 웃기 시작했다.

"킥킥. 혹시 너 귀환석이 없는 거 아니냐?"

"뭐?"

"나가고 싶은데 귀환석을 못 구해서 못나가는 거 아니냐고."

"뭔, 헛소리를 하는 거야?"

"자자. 괜찮아. 형이 이해해. 여기 귀환석이 있으니까. 형이랑 같이 나가자. 짜식이 그런 건 부탁해도 괜찮아."

공지훈이 자신의 주머니를 뒤적거리자 유정상이 어이가 없다는 표정을 지었다.

한 살 많다는 사실을 확인하더니 형이라는 걸 꽤나 강조하고 있었던 것도 유정상의 성질을 긁기엔 충분했다.

"여기 있거든."

유정상이 그렇게 말하며 척하니 공지훈에게 귀환석을 내밀었다.

귀환석 따위야 진작 구했다는 걸 확인 시켜준 것이다.

어찌 보면 유치한 짓거리지만 어쩐지 공지훈은 그런 분위기를 만드는 묘한 녀석이었다.

"그럼 왜 안 나가려고 하는 건데?"

"잔소리 말고 그냥 나가. 좀."

"설마?"

"설마 뭐?"

"너 혹시 여기 안전지대가 있을 거라고 착각하는 건 아니겠지?"

"안전지대?"

유정상은 설마 하는 표정으로 공지훈을 쳐다봤다.

자신이 생각하는 그건 아니겠지 하는 생각에서였다.

"뭐? 너 안전지대 몰라. 며칠 전에 죽음의 사자 던전에 생겨난 거 말이야. 정말 몰랐어?"

그 말에 유정상이 살짝 흠칫하고 놀랐다.

설마 했는데 자신이 미션을 수행하며 남겨놓은 영혼의 안식처를 말하는 게 틀림없었다.

그거 만든 지 며칠 되지도 않았는데 벌써 사람들에게 알려졌을 거라고는 미처 예상하지 못했다.

"사람들에게 많이 알려진 거야?"

"당연하지. TV까지 나왔는데."

"TV?"

설마 방송에서까지 나왔을 거라고는 전혀 예상하지 못했다.

"넌 TV도 안보냐?"

"……."

"갑자기 나타난 모닥불 때문에 인터넷에서도 난리가

아니라니까. 모닥불 반경 수십 미터가 안전지대 라더라
고."

"10미터겠지."

"뭐야? 알고 있었구나. 하긴 모를 리가 없을 테지."

"……."

"아무튼 여기엔 그런 거 없으니까 쓸데없는 기대 말고
그냥 같이 나가자. 무슨 일인지는 모르지만 내일 다시 오면
되잖아."

"난 해야 할 일이 있어."

"그게 뭔데?"

"몰라도 돼."

"젠장, 얼음 같은 자식. 그래 알았어. 그럼 나 혼자 나간
다. 너 몬스터에게 당해도 모른다."

"……."

"에휴. 정말."

공지훈은 귀환석을 꺼내 손에 쥐었다가 곧 어깨를 축 늘
어뜨리며 한숨을 쉬었다.

"왜 안 나가?"

"연약한 너를 놔두고 나갈 수가 있어야지."

"레시피가 목적은 아니고?"

"크음. 날 뭐로 보고. 그나저나 잠은 자야할 거 아냐. 이
런 식으로 밤새 몬스터를 때려 잡을 거야?"

"시끄러."

그렇게 얼마의 시간이 흘렀을까.

커서를 따라 계속 이동하는 유정상.

그리고 여전히 그의 뒤를 졸졸 따라오는 공지훈.

'귀찮게 정말.'

공지훈이 졸리는지 연신 눈을 비볐다. 심지어 유정상을 따라오면서 살짝 졸기까지 했다.

"너. 이 자식. 신경 쓰이게 하지 말고 그냥 나가라고."

"아함. 그래도 인간적으로 그러는 게 아니지."

그 모습을 보던 유정상이 할 수 없다는 표정을 짓더니 어깨를 한번 으쓱했다. 처음 만난 사이기는 하지만 어쩐지 오래된 친구처럼 친숙했고 꽤나 나름 신경을 써주는 듯 보였기 때문에 상관없다는 생각을 했다.

코슘의 눈 스킬을 시전하자 땅의 색이 바뀐다.

그리고는 이곳저곳 살피다 곧바로 마땅한 붉은 원 모양의 자리를 발견하고는 그곳으로 다가갔다. 그리고 그 앞에 서서 인벤토리를 열었다.

활력의 불꽃을 꺼내 그곳에 넣자 바닥에 빨려 들어가더니 확 하며 불이 솟아올랐다.

"엇! 뭐야?"

갑작스런 상황에 공지훈이 화들짝 놀랐다.

하지만 그러거나 말거나 유정상은 모닥불에 앉았다.

그런 모습을 보던 공지훈이 떠오른 것이 있어 눈이 커졌다.

"이, 이거 설마. 아, 안전지대?"

"시끄럽게 떠들지 말고 앉아서 쉬든가, 아니면 어서 나가라고."

하지만 유정상의 뭐라고 떠들던 공지훈의 귀에는 아무것도 들리지 않는지 후다닥 그의 곁에 다가와 앉더니 모닥불을 한번 보고는 곧바로 따지듯 물었다.

"너, 너 도대체 정체가 뭐야? 어째서 이게 이런 식으로 생겨나는 거지? 이거 안전지대 맞지?"

그러더니 다시 표정이 묘해진다.

"어? 진짜네."

"뭐가?"

"진짜 피곤이 풀린다고."

공지훈이 전신에서 피로의 찌꺼기가 빠져나가는 듯 느껴지는 이 기묘한 느낌에 몸을 들썩였다.

"……."

"빨리 이야기 해봐. 너 정체가 뭐야?"

"시끄럽네. 진짜."

유정상은 귀찮다는 표정으로 바닥에 누워 버렸다.

공지훈은 계속 놀라며 모닥불을 계속 바라보다 나뭇가지를 주워다 던져보기도 했다. 그러자 나무가 밀려나오니 신기하다며 호들갑을 떨었다. 그리고 주변의 몬스터들이 정말로 주변 10미터 이내로는 접근하지 않는 것을 확인하고는 모닥불 앞에서 잠든 유정상을 보며 이 인간의 정체가 뭘까에 대해 고민하기 시작했다.

두 시간 정도 시간이 흐르고 유정상이 눈을 떴다.

영혼의 휴식처라 그런지 두 시간 정도만 눈을 붙였을 뿐 인데도 개운한 느낌이었다.

"응?"

그냥 잡초바닥에 누웠던 것 같은데 몸에 얇은 모포가 덮 여 있었다.

유정상이 자는 동안 공지훈이 덮어준 것 같았다.

하지만 공지훈은 한참 동안 호들갑을 떨다가 뒤늦게 잠 들었는지 한참 꿈나라에 있었다.

그래도 녀석은 침낭 속에 쏙 들어가 제대로 안락하게 자 고 있었다.

돌거인이 들고 다니는 거대한 가방 속에 이것저것 잡다 한 것이 잔뜩 들어 있는 것 같았다.

하지만, 공지훈이 잠들자 돌거인도 그냥 보통의 돌로 돌 아가 버렸는지 한쪽에 쌓여있었다.

"별난 녀석."

잠시 그를 내려다보던 유정상이 고개를 절레절레 흔들고 는 곧 자리에서 일어나 커서의 방향을 확인하고 다시 숲으 로 들어갔다.

자신의 일에 굳이 타인을 끌어들이고 싶은 생각은 없었 으니까.

물론 나름 밉상 짓을 하기는 해도 정이 가는 녀석이기는 했지만 말이다.

그래도 모닥불이 있는 한 녀석은 별문제 없을 것이다.

유정상이 커서의 방향을 확인하며 걷는 동안 어느새 백정이 다가와 곁에서 뽈뽈거리며 부지런히 유정상의 걸음 속도를 맞춰 걷고 있었다.

[경고. 몬스터 출현.]

유정상은 은신 스킬로 몸을 숨겼다.

그러자 숲을 가르며 나타난 거대한 곤충.

앞다리에 거대한 낫을 들고 있는 거대 몬스터 '쌍도 사마귀' 였다.

[이름: 쌍도 사마귀]

[레벨: 10+α]

[공격력: 290+α]

[방어력: 280+α]

[생명력: 2100+/2100+α]

[힘: 120+α]

[민첩: 30+α]

[체력: 145+α]

[지능: 6+α]

높이는 대략 4미터 가량.

특유의 날렵한 몸에서 나오는 엄청난 스피드와 날카로운 쌍도의 위력이라면 어지간한 몬스터는 놈에게 그냥 동강이 나 버릴 것이다.

'+α는 뭐지?'

유정상의 표정이 의아함에 물들었다.

그런 쌍도 사마귀 앞에 나타난 건 숲의 무법자 '칼 멧돼지' 였다.

칼 멧돼지라면 녀석에게도 꽤나 까다로운 상대가 될 것이다.

"크렁. 크렁."

댕겅.

하지만, 유정상의 예상과 달리 칼 멧돼지가 순식간에 토막이 나 버렸다.

비슷한 등급의 녀석들이라 정신없이 엎치락뒤치락할 줄 알았는데 생각보다 싱겁게 끝나버렸다.

쌍도 사마귀가 단칼에 죽은 칼 멧돼지의 몸에 대가리를 처박고 고기를 먹기 시작했다.

은신술을 시전 하던 유정상이 놈에게 접근을 시작했다.

아무래도 식사를 하는 때가 좋은 기회라고 생각한 탓이다.

사사삭.

놈의 근처에 다가가려는 순간.

쉬아아아.

"윽."

갑자기 유정상에게 날아든 거대한 칼.

하지만 질풍 늘보의 문신이 발동한 덕분에 찰나의 순간에 머리를 숙여 그것을 피해 냈다.

쌍도 사마귀가 식사를 멈추고 몸을 일으키며 머리를 유정상 쪽으로 돌렸다.

은신에 전혀 반응하지 않아 눈치 채지 못하고 있는 줄 알았는데 그게 아니었나보다.

"케케케."

뭔가 '처음부터 네 녀석의 존재를 눈치 채고 있었다.'라고 말하는 듯 보인다.

물론 그거야 유정상의 상상이긴 했지만.

귀기소드를 꺼내 놈에게 날렸지만 거대한 덩치답지 않게 가볍게 그것을 쳐내 버렸다.

그리고 거대한 놈의 쌍칼을 유정상에게 휘둘렀다.

부웅.

유정상이 빠르게 움직이며 피해 내자 주변에 있던 나무와 바위들이 깔끔하게 잘려 나간다.

모르긴 몰라도 유정상의 보호슈트도 놈의 저 날선 칼을 막아 내지는 못할 것이다.

그때 땅속에서 백정이 튀어나와 좀 더 커진 자신의 쌍칼을 휘둘렀다.

챙.

그러나 백정의 칼 역시도 가볍게 막아 내는 쌍도 사마귀.

도리어 무지막지한 힘에 의해 백정이 사정없이 튕겨나갔다.

거대한 몸집에 비해 굉장히 날렵한 놈이었다.

유정상이 직접 실전에서 경험하지 않은 탓인지도 모르지만 분명 알고 있던 수준을 월등히 능가하고 있었다.

'이놈은 다르다.'

1성급 던전 지하에서 만났던 '지옥귀'와 레벨은 같지만 전투력은 차원이 달랐다.

+α의 효과인지는 모르지만 그것을 차치하고도 이곳 던전은 뭔가 다르다는 느낌이 강했다.

유정상이 빠르게 움직이며 놈을 관찰했다.

그런데 놈의 이마에 뭔가가 번쩍였다.

'붉은 색?'

붉은색의 보석이 박혀있었다.

그 정체는 루비 마나석이었다.

마나석에도 등급이 있고, 자신이 처음 봤던 마나석은 에메랄드 마나석으로 5급 능력자의 에너지를 머금고 있다 해서 별칭이 5급 마나석이었다.

마나석의 등급은 총 일곱 가지다.

7급은 사파이어 마나석.

당연히 7급의 마나를 머금고 있다.

6급은 토파즈 마나석.

5급이 두목 고블린이 가지고 있던 에메랄드 마나석.

4급은 루비 마나석.

3급은 문스톤 마나석.

2급은 다이아몬드 마나석이고.

1급은 세상에 단 한 번밖에 출현한 적이 없다는 레드 다이아몬드 마나석이었다.

마나석은 특수한 처리방식으로 정제해 주사기 같은 걸로 몸에 투입시켜 그것을 몸의 마나와 융합시켜 강화시키는 것이다.

보통은 3개월 이상을 흡수시키는 데 집중해야 하고 그것이 완료되면 마나석의 등급만큼 몸이 강화된다.

어쨌든 놈의 머리에 박혀 있는 건 4급에 준하는 마나량의 루비 마나석이 분명했다.

놈이 레벨에 비해 강한 건 바로 저 루비 마나석 때문이고 결국 놈의 능력치에 '+α'가 포함된 이유이기도 한 것이다.

몬스터는 인간과 달리 마나석을 흡수하지 못하고 저렇게 몸에 가지는 것만으로도 강해진다. 물론 완전 흡수하는 게 아니라 마나석의 힘을 제대로 사용할 수 있는 건 아니지만.

쌍도 사마귀의 검은 눈이 번들거리며 유정상을 노려보았다.

눈 전체가 검은색으로 되어 있어 정확히 유정상을 바라보는지는 확실하지 않았지만 그렇게 느껴졌다.

그리고 그 느낌을 받자마자 놈의 거대한 낫처럼 생긴 칼을 다시 유정상에게 휘둘렀다.

물론 이번에도 빠르게 몸을 날려 그것을 피해 냈다.

그렇게 하면서 커서로 놈의 막아보려 했지만 그것을 뿌리치며 계속 유정상에게 달려들었다.

커서의 힘으로는 놈을 저지할 수가 없었다.

팡. 팡. 팡.

유정상이 주먹을 날려 놈의 다리를 공격하자 잠시 주춤하기는 했지만 곧 자세를 바로잡으며 빠르게 달려들었다.

"삐이!"

챙.

"삐이이!"

백정도 자신의 칼을 휘두르며 저항했지만 압도적인 힘에 밀려 날아가 버렸다.

그 사이 유정상이 놈의 몸 쪽에 파고들어 커서로 인벤토리에서 귀기소드를 꺼내 배에 꽂았다.

"키에엑!"

귀기소드의 칼끝이 약간 박히긴 했지만 더 이상이 뚫고 들어가지 못했다.

그런데 놈이 자신의 칼을 휘둘러 귀기소드를 쳐내자 충격을 이기지 못하고 부러져 버리고 말았다.

그리고 다른 쪽 칼로 유정상을 향해 내리쳤다.

그 순간 질풍 늘보의 문신이 발동되자 다시 놈의 움직

임이 미세하게 느려진다.

그렇게 유정상이 칼을 피해 내려던 그 순간.

캉.

쌍도 사마귀의 칼이 뭔가에 가로막혔다.

커다란 바위덩이가 정체였다.

어느새 나타난 돌거인이 놈에게 달려들어 칼이 달린 앞발의 관절부분을 붙들었던 것이다.

그리고는 곧바로 거대한 돌주먹을 날렸다.

콰앙.

"키익!"

안면에 주먹을 날리자 충격으로 인해 비명을 지른 사마귀가 비틀거렸다. 그리고 돌거인의 몸통박치기가 곧바로 들어갔다.

쿠웅.

거대한 사마귀가 돌거인의 몸통박치기로 인해 바위에 쳐박혔다.

"끼이이익!"

바위가 부서져 나가며 놈이 소리를 질렀다.

거대한 놈들의 싸움에 땅이 울렸다.

"이럴 줄 알았어. 이 형님이 없으면 이런 일이 생긴다니까."

어느새 공지훈이 나타나 특유의 수다를 떨어대며 어깨를 으쓱해 보인다.

별로 돕지 않아도 상관없었지만 그래도 도움이 된 건 사실이다.

그런데 실실 거리던 공지훈의 눈빛이 차갑게 변하자 돌거인이 다시 사마귀에게 달려들어 주먹을 내리쳤다.

쾅. 쾅. 쾅.

무지막지한 파워가 실려 있는 주먹이 사마귀를 곤죽으로 만들겠다는 듯 사정없이 놈의 머리를 후려쳤다.

유정상은 돌거인이 그 거대한 몸을 이끌고 내려치는 박진감에 압도당할 것 같았다.

그러나 그런 공격에도 사마귀는 별다른 충격을 받지 않았는지 도리어 자신의 칼을 휘둘렀다.

뎅경.

돌거인의 오른팔이 순식간에 잘려나갔다.

"이런. 젠장."

공지훈이 얼굴을 잔뜩 찌푸렸다.

설마 이렇게 쉽사리 잘려버릴 거라곤 전혀 생각지 못했던 탓이다.

그 사이 유정상이 빠르게 그들 사이로 뛰어들었다.

사마귀가 돌거인의 남은 팔마저 잘라내려는 순간 빈틈을 발견하고는 놈의 관절 사이에 강하게 주먹을 날렸다.

퍼엉!

우두둑!

"끼아아아!"

사마귀의 오른쪽 앞다리 관절이 꺾이며 놈이 소리를 질렀다.

놈이 머리를 쳐들며 소리치는데 턱 아래 뭔가 반짝이는 것이 또 보인다.

초록색.

분명 초록색의 보석처럼 보였다.

'에메랄드 마나석인가?'

놀랍게도 놈은 두 개의 마나석을 지니고 있었다.

이마에 붉은색의 루비 마나석, 턱 밑엔 초록색의 에메랄드 마나석까지.

한꺼번에 두 가지의 마나석을 지닌 몬스터라니 이걸 대박이라고 해야 할 지 악몽이라고 해야 할 지.

아무튼 관절이 꺾인 상태라 놈의 오른쪽 칼이 덜렁거린다.

곧바로 커서로 그것을 붙잡아 놈의 안면 쪽으로 밀어붙였다.

"꾸이이이이!"

놈이 소리를 지르며 다른 쪽 칼로 그것을 막으려 했다.

유정상이 다시 주먹을 날려 그 칼을 치워버린다.

푸슉.

관절이 나간 놈의 앞발 칼이 녀석의 목 밑에 박혔다.

"쿠에에엑!"

그 상태에서 다시 주먹을 날려 놈의 칼날에 충격을 주자 놈의 칼이 자신의 목에 깊숙이 박혔다.

컥컥 거리던 놈이 드디어 바닥에 쓰러졌다.

쿵.

놈이 바닥에 쓰러진 채로 부들부들 떨어댄다.

유정상은 빠르게 다가가서는 쓰러진 놈의 머리에 주먹을 날렸다.

주먹의 강한 기파가 쌍도 사마귀의 머리를 강타했다.

콰앙.

머리가 터져나갔다. 그리고는 곧 축 늘어져 버렸다.

이제야 끝이 난 것이다.

그런데 갑자기 이상한 일이 생겼다.

쓰러진 쌍도 사마귀의 머리 주위에서 검은 물이 주변으로 흘러나온 것이다.

처음 보는 현상이다.

"으엑. 뭐야 이건?"

공지훈이 미간을 잔뜩 찌푸리며 말하는 사이 사마귀의 이마와 턱 밑에 있던 마나석들이 빠져나오면 바닥에 떨어졌다.

검은 액체에 떨어져 있었지만 그 신비로운 빛만은 전혀 죽지 않았다.

괴기스런 기운을 머금은 듯한 기묘한 신비로움.

뭔가 이상한 기분 때문에 커서를 가져가 확인했다.

[다크 루비 마나석]

[어둠에 오염된 마나석으로 대상을 잠식해 피의 노예로 만든다.]

[다크 에메랄드 마나석]

[어둠에 오염된 마나석으로 대상을 잠식해 폭력에 집착하게 만든다.]

그것을 확인한 유정상의 얼굴이 황당함에 물들었다.

다크 마나석이라니 들어본 적도 없는 보석이었다.

하지만, 이 마나석의 요사스런 기운이 사람을 끌어당긴다는 건 알 수 있었다.

그리고 본능적으로 피부에 닿는 게 좋지 않다는 것도 알게 되었다.

"이거 마나석이지?"

공지훈이 그렇게 말하며 그것에 손을 가져갔다.

"만지지마!"

움찔하며 손을 멈춘 공지훈이 유정상을 바라보았다.

"왜?"

그렇게 묻는데 갑자기 마나석에서 상당한 양의 검은 액체들이 바깥으로 흘러나온다.

그리고는 그것들이 모여들며 뭉치기 시작했다.

처음엔 한 개의 형체가 만들어졌는데 시간이 갈수록 숫자가 늘어났다.

그리고 늘어나는 수가 멈추었는데 모두 열 개였다.

"어?"

그런데 검은 형체가 몸을 일으켰다.

그리고 서서히 모양을 갖추어가자 그것이 사람의 모양임을 알 수 있었다.

"도, 도대체 뭐야?"

공지훈이 기겁하며 물러섰다.

모두 일어선 상태에서 점점 검은 액체가 걷히자 놀랍게도 그 속에서 진짜 사람의 모습이 드러나기 시작했다.

열 명의 사람들이 검은 액체에서 튀어나왔으니 놀라지 않을 수 없었다.

거기다 그들 모두는 나체 상태였다.

이 경악스러운 상황에 공지훈이 입을 떡하니 벌리고 있었고, 유정상도 굳은 표정으로 그들을 바라보았다.

그런데 그들 사이에 여자가 한명 끼어있었다.

그 모습을 본 유정상의 미간에 힘이 들어갔다.

"응?"

무표정한 채로 영혼이 빠져버린 듯 공허한 얼굴의 여자.

그런데 그 모습 낯이 익다.

"박설화?"

놀랍게도 여자의 정체는 박설화였다.

"어째서 이렇게 된 거지?"

유정상이 중얼거리듯 말하자 여자의 모습에 정신을 놓고 있던 공지훈이 화들짝 놀라며 유정상을 돌아보았다.

"아는 사람이냐?"

하지만 유정상은 대답 없이 그녀를 바라보기만 했다.

박노인으로부터 박설화와 박기형이 이곳에서 죽었을 거라고 들었는데 설마 몬스터의 몸속에서 이런 식으로 튀어나올 거라고는 전혀 예상하지 못한 것이다.

그런데 그녀는 아무 말 없이 멍한 모습으로 서 있더니 곧 몸이 조각조각 찢어지며 흩어지기 시작했다. 더불어 다른 사람들도 그녀처럼 흩어지기 시작했다.

"엇! 뭐야?"

공지훈이 놀라며 어찌할 바를 모르고 있는 사이 박설화와 다른 사람들의 몸은 완전히 분해되어 버렸다.

그런데 사람들이 사라진 사이에 검은 구체들이 생성되었다.

[오염된 영혼]
[안식이 필요할 듯하다.]

유정상은 그것을 보다 뭔가 떠올라 상태창을 확인했다.

한쪽 편에 '활력의 불꽃 2번'이라는 글자가 생성되어 있음을 확인했다.

그것을 커서로 클릭했다.

[활력의 불꽃을 회수하시겠습니까?]

"그래."

유정상이 대답하자 곧바로 인벤토리에 활력의 불꽃이 생성되었다.

아마도 아까 만들어둔 안전지대는 사라졌을 것이다.

그리고 곧이어 코슘의 스킬을 사용해 그의 근처에 붉은 지점을 확인하고는 그곳에 곧바로 활력을 불꽃을 넣었다.

화악.

순식간에 생겨나는 모닥불.

"엇! 또!"

공지훈이 놀라며 소리쳤지만 유정상은 묵묵히 커서를 가져가 검은 구체를 잡았다.

그리고 그것을 잠시 동안 바라보다 곧바로 영혼의 휴식처 가운데에 있는 불꽃에 가져가 떨어뜨렸다.

화악.

이제까지 무엇을 넣어도 불이 붙지 않던 모닥불 속에서 검은 구체가 타들어갔다.

그리고 곧 하얀 빛을 발하더니 공기 중에 흩어졌다.

다른 것들도 같은 방법으로 모닥불에 넣자 같은 현상이 생겼다.

그 모습을 무표정한 얼굴로 바라보던 유정상.

[레벨이 올랐습니다.]

[11레벨이 되었습니다.]

['오염된 영혼들을 안식처로 돌려보내라.' 미션완료]

[보상으로 보조 커서가 추가되며, 1만 골드가 생성됩니다.]

'1만 골드?'

당연하지만 대충 1억의 보상금이다. 물론 가치는 그것 이상이고.

보유 금액도 이젠 2만 8천 골드가 넘었다.

이제는 아이템상점에서 2만 골드짜리 '불꽃의 조각'을 살 수 있는 돈을 확보했다.

'그래도 2억짜리 아이템이라니. 인간적으로 너무 비싸다.'

그나저나 보조 커서라는 게 뭔가 하는 생각을 하는데 정말 상태창 안에 작은 커서 하나가 더 생성되었다.

그런데 놀랍게도 바깥의 커서와 안쪽 커서를 동시에 각자 움직일 수 있는 능력 또한 추가되었는지 어렵지 않게 두 개를 움직일 수 있었다.

가끔 커서를 이용하는 동안 인벤토리 사용을 할 수 없어서 불편하기도 했었는데 그 문제가 해결이 된 것이다.

[특별보상으로 '군주의 인장'이 주어집니다.]

유정상의 눈앞에 용문신의 황금 도장 하나가 생성되더니 곧바로 인벤토리로 들어갔다.

'군주의 인장? 뭐지 이건?'

궁금증에 못 이긴 유정상이 그것을 확인했다.

[군주의 인장(印章)]

[한 무리의 우두머리가 될 수 있는 인장.]

[무리의 보스를 굴복시켜 이마에 인장을 세기면 같은 그들의 일부를 부릴 수 있게 된다.]

'군주의 인장? 점점 뭐가 어떻게 되어가고 있는 것인지……'

뭔가 알 수 없는 방향으로 운명이 흘러가고 있음을 느낀 유정상의 표정이 미묘해졌다.

하지만, 이런 인생도 나쁘지 않다는 생각에 피식 웃었다.

"재밌겠네. 이런 것도."

유정상이 피식 웃으며 고개를 돌리자 쌍도 사마귀가 검은 물로 녹아 내렸던 장소에 많은 아이템이 보인다.

금화는 물론 중급 포션도 꽤나 많은 양.

거기다가 특별한 아이템이 끼어 있다. 그건 푸른색에 검은 줄무늬가 새겨진 검이었다.

[사마귀 청검]

[내구력:660/660]

[공격력: 350]

[기존의 사마귀 청검에 어둠의 힘이 깃들어 있어 더욱더
강하고 날카롭다.]

안 그래도 귀기소드가 부서져 버린 탓에 대체할만한 검
이 없나 했는데 놈을 죽이고 나니 더 좋은 검이 생겼다.

유정상이 만족하며 고개를 끄덕였다.

그런데 유정상의 행동을 계속 곁에서 지켜보던 공지훈은
지금까지 그가 무엇을 한 것인지 전혀 알지 못했다.

그도 그럴 것이 그의 눈엔 검은 구체도 보이지 않았고 당
연히 그것이 활력의 불꽃 안에서 타 없어지는 모습도 볼 수
가 없었던 것이다.

그런데 뭔가 만족하며 실실 웃는 유정상의 표정이 이상
하지 않을 리 없다.

아니 그보다 이곳에도 안전지대의 모닥불을 만들어 버렸
으니 정말 황당할 뿐이었다.

진짜 모닥불도 이처럼 쉽게 만들 수 없을 것이라 생각했
다.

그리고 아직 바닥에 검은 액체에 반쯤 담겨 있는 마나석
두 개도 신경 쓰였다.

갑자기 손대지 말라며 소리치는 바람에 놔두기는 했지만
왜 그런지 설명도 하지 않고 있으니 답답하기만 했다.

그런 공지훈의 마음을 알았던 것인지 유정상이 고개를 돌려 다시 두 개의 마나석 쪽으로 시선을 돌렸다.

그리고는 곧바로 그것을 커서로 들어올렸다.

먼저 루비 마나석을 불꽃으로 옮긴다.

"어. 어."

루비마나석이 두둥실 떠오르더니 불꽃 쪽으로 이동한다.

그 모습을 본 공지훈이 경악했다.

"지금 뭐 하는 거야?"

하지만 아무런 대답도 없이 유정상은 묵묵히 그것을 활력을 불꽃 속에 던져 넣었다.

화악.

불꽃이 피어오르더니 마나석 주위에 있던 검은 기운이 타올랐다.

그리고 잠시 후 그것이 불꽃 밖으로 밀려나왔다.

그런데 뭔가 달라져 있었다.

커서를 가져가 확인해보았다.

[다크주얼리]

[마계의 보석으로 다른 차원에서는 보기 힘들다]

[마법사들이 좋아하는 보석이다.]

'마계의 보석? 뭐야 그건.'

황당한 표정으로 그것을 확인한 유정상이 다시 에메랄드

마나석을 커서로 들어 불꽃에 떨어뜨렸다.

이번에도 검은 기운이 타버리고는 곧 불꽃에서 밀려나왔다.

그리고 커서로 확인해보니 내용은 똑같았다.

어쨌거나 다크주얼리라는 검은색의 보석이 두 개나 생겨버렸다.

유정상이 두 개의 보석을 집어 들었다.

검은색의 보석.

그런데 어둠의 빛이면서도 생각 이상으로 아름답다.

"뭐야? 이거 그냥 검은 보석이잖아. 아니, 그냥 유리조각인가?"

공지훈이 실망한 얼굴로 투덜거렸다.

하지만 유정상은 검은 보석의 빛깔이 신비롭게 보였다.

"예쁘네."

"그게 문제가 아니지. 아까 그거 분명 마나석이었잖아. 마나석."

"욕심내지마. 방금 그 여자도 그것 때문에 저 꼴이 된 거니까."

"뭐?"

공지훈이 유정상의 말에 놀라며 쌍도 사마귀가 녹아 사라져 버린 곳을 힐끔 돌아보았다.

그리고는 곧 몸을 한차례 부르르 떨더니 유정상을 돌아보았다. 그런 그의 시선엔 '정말 네 정체는 뭐야?' 하는 모습이 영력했다.

"너 하나 줄까?"

"까만 그 유리조각?"

"유리조각이라니, 이것도 보석이야."

"보석은 무슨……. 됐다. 너나 가져라. 그리고 난 그런 이상한 보석엔 별로 관심 없어."

"아깐 관심이 엄청 많아 보이더니."

"그거야. 마나석이니 당연한 일이지. 각성자치고 마나석에 관심 없는 녀석이 어디 있겠어."

공지훈은 정말로 검게 변한 보석에는 관심을 전혀 가지지 않았다.

그래서 어깨를 으쓱한 유정상이 커서를 이용해 두 개의 보석을 인벤토리에 넣었다.

"어? 갑자기 사라졌네?"

공지훈의 입장에선 갑자기 사라지는 걸로 보였을 것이다.

하지만 유별난 능력이 많다는 걸 이미 경험한 이상 곧 수긍해 버렸다.

그리고 그런 검은 유리조각 따위야 어찌되었건 공지훈은 별로 관심이 없었다.

"그런데 아까 땅속에서 뭔가 번쩍이는 거 보지 않았냐?"

그 말에 유정상이 살짝 움찔했다.

아무래도 공지훈이 백정을 얼핏 본 모양이었다.

"글쎄. 난 모르겠는데?"

"분명 뭔가가 있었어. 사마귀랑 싸우느라 정신이 없어서 신경을 잘 쓰지는 못했지만 말이야."

"기분 탓이야. 기분 탓. 아무것도 없었다니까."

"그런가?"

머리를 긁적이는 공지훈.

그런데 그때 다시 커서가 부르르 떨었다.

커서 마스터
Cursor Master

5. 몽키킹

커서 마스터

Cursor Master

5. 몽키킹

[다음미션]

유정상의 미간이 살짝 찌푸려졌다.

이번엔 미션이 끝나자마자 다시 하달되었다.

[송곳 원숭이의 보스를 쓰러뜨리고 머리에 군주의 인장을 새겨 넣어라.]

[미션을 해결하지 못할 시 4레벨의 손실과 함께 1만 5천 골드가 사라진다.]

[미션수행까지 남은시간 12시간.]

[미션을 수행할 아이템이 주어집니다.]

인벤토리에 조그마한 깃발이 생성되었다.

깃발엔 알 수 없는 글자와 그림이 뒤엉겨 있는 모양이었다.

[전사의 영역 깃발]
[깃발을 중심으로 반경 20미터 이내에 최강자와 단독으로 싸울 수 있는 영역이 만들어진다.]
[바닥에 깃발을 꽂으면 곧바로 발동된다.]
[단 승부가 나기 전엔 영역이 사라지지 않는다.]

"헉!"

겨우 2만 골드를 넘겼는데 만약 미션을 실패하기라도 하는 날엔 불꽃의 조각을 구입하는 건 물 건너가게 된다.

아이템 상점에 갈까 하는 생각을 했다가 곧 관두었다.

던전 내에선 아이템 상점에 출입이 불가능했으므로 밖으로 나가야 하는데 그렇게 되면 시간이며 돈 모두를 낭비하게 된다.

거기다 남은 시간은 고작 12시간.

상황이 어떻게 흘러갈지 모르니 12시간이 많다고도 할 수 없는 애매한 시간이라 한숨을 푹 쉬고 말았다.

"그래. 하자. 해."

"뭘?"

공지훈이 유정상의 혼잣말에 의아해하며 물었다.

그제야 유정상이 귀찮은 녀석이 아직 곁에 있었다는 걸 알고는 한숨을 푹 하고 쉬고는 냉랭한 음성으로 말했다.

"넌 던전 안 나갈 거야?"

"넌 어쩌려고."

"난 바쁘다."

"뭐? 아예 던전에서 살 작정이냐?"

공지훈의 말에 피식 웃던 유정상이 곧바로 옷을 툭툭 털며 모닥불 앞에서 일어섰다.

어느 정도 몸의 상태는 최상이 되었고, 장비도 대충 자동 정비가 되었다.

인벤토리를 열어 전사의 깃발을 바라보았다.

1 대 1의 싸움을 가능하게 하는 장소를 부여하는 아이템이라니 정말 재미난 물건이었다.

유정상이 피식 웃으며 안전지대를 벗어나려 하자 공지훈이 유정상을 불렀다.

"유정상. 너 정말 안 나갈 거야?"

걱정스런 표정으로 물었다.

"너나 빨리 나가. 조만간 그 모닥불도 회수할거니까."

"뭐, 회수? 그런 것도 가능해?"

"빨리 돌아가. 그리고 이건 개인적인 일이니까 아까처럼 간섭하려 하지 말고."

"정말 안 나갈 거야?"

"거 정말 앵무새도 아니고 같은 말 계속 하게 만들지 마라."

그리고는 유정상이 숲 속으로 들어가 버렸다.

그 모습을 잠시 동안 우두커니 바라보던 공지훈이 헛웃음을 짓고는 고개를 절레절레 흔들었다.

"황당하긴 해도 재미있는 녀석이네."

그렇게 말하고는 가방에서 귀환석을 꺼냈다.

✥ ❊ ✥

유정상이 던전에 있던 그 시간, 죽음의 사자 던전에 많은 각성자들이 모여들고 있었다.

특히 방송국에선 이 특별한 던전을 취재하기 위해 여러 팀들이 던전에 투입되었고, 그렇지 못한 케이블 방송사들은 길드에 의뢰를 넣어 촬영을 하기도 했다.

그저 평범한 던전이었던 죽음의 사자 던전이 방송을 통해 알려진 덕에 각성자들의 관심을 받은 것이다.

던전의 입구 근처 주차장은 이미 만원을 이루고 있었다.

주차장의 부족으로 하는 수 없이 공단지대에 대충 자리를 잡고 주차한 차들도 수십여 대에 이르렀다.

던전 관리 직원도 처음엔 24시간 근무하는 공무원 세 명이 전부였지만 시에서 상점을 운영하면서 현재는 파트별로 4명씩이 되어 총 12명으로 늘었다. 물론 사냥꾼이야 평소처럼 파트 당 3명 총 9명이었다.

덕분에 인근 지역도 전국에서 모여드는 각성자들로 인해 분주해져 지역 상인들은 즐거워하고 있었다.

죽음의 사자 던전 안.

대부분이 7, 8급의 각성자들.

평소에 3성급 던전 공략에 애를 먹고 있던 소규모의 팀들이 대부분이었다.

모닥불을 중심으로 반경 10미터 이내에 백여 명이 모여 앉아 북새통을 이루고 있었다.

그도 그럴 것이 그곳에 앉아 있는 것만으로도 몸이 회복되고 피로가 풀리니 당연한 일이었다.

하지만 사람들이 너무 많으니 분주하다.

"아, 정말 밀지 좀 맙시다."

"캬아. 좋다. 피로가 쫙 풀리는 기분이야."

도떼기 시장 같은 풍경.

인근에서는 몬스터를 사냥 중인 팀들이 다수 있었다. 그러다 위험하다 싶으면 그곳으로 안전지대에 달려와 뛰어든다.

"아, 씨발."

하지만 장소가 비좁다보니 그들끼리 부딪치는 경우가 허다해 서로 큰 언성이 오가기도 했다.

재미있게도 안전지대를 중심으로 그 주변 수백 미터 정도에 대부분의 각성자들이 몰려 있어 인근 몬스터들의 씨가 마르고 있었다.

물론 하루가 지나면 다시 리젠이 되기는 하지만.

✛ ❖ ✛

커서가 가리키는 방향으로 걷다 보니 점점 몬스터의 숫자가 줄어드는 게 느껴졌다.

던전 내에도 특정 구역을 지배하는 놈들이 있다 보니 나름 영역이라는 게 있었고, 특히나 그 영역의 대부분을 차지하는 게 다수로 집단 생활을 하는 놈들이다.

이번 미션의 목적이 송곳 원숭이의 보스를 잡는 것이다 보니 아무래도 놈들의 영역이 아닌가 싶었다.

'시선이 느껴진다.'

유정상은 자신에게 쏟아지는 수많은 시선을 느끼고 있었다.

백정에게 시선을 보내자 '삐' 하는 소리와 함께 땅속으로 파고 들어갔다.

그리고 유정상은 은신 스킬을 시전했다.

팟.

순간 유정상의 자취가 감춰지자 주변에서 많은 수의 송곳 원숭이들이 모습을 드러냈다. 그리고 유정상이 원래 있던 장소로 모여 들었다.

그러나 유정상은 이미 자취를 감춰 버려 녀석들은 사방을 두리번거릴 뿐이었다.

하지만 인근에 있던 나무의 그림자 속엔 자신의 기세를 감춘 유정상이 몸을 숨기고 있었다.

'역시.'

레벨이 오른 덕분에 최대 마나량이 증가했고 더불어 은신 스킬에 사용되는 마나의 소모도 줄어 들어 처음보다는 오래 몸을 숨길 수 있게 되었다.

그러나 무작정 오래 숨는 게 능사는 아니다.

빨리 미션을 수행해야하는 입장이었다.

그런데 마침 송곳 원숭이들이 유정상을 찾지 못해 우왕좌왕하더니 곧 어디론가 우르르 이동해 갔다.

유정상은 은신 상태로 빠르게 놈들을 쫓았다.

아무래도 송곳 원숭이의 대장을 잡기 위해선 놈들을 따라가야만 시간을 단축할 수 있기 때문이었다.

하지만 녀석들은 생각 이상으로 오랜 시간 이동해 갔고 마나량이 얼마 남지 않은데다가 기력이 많이 소진된 유정상은 서둘러 대지의 기운을 찾기 시작했다.

그리고 활력의 불꽃을 회수함과 동시에 붉은 표식이 있는 자리에 그것을 넣었다.

화악.

모닥불이 피어오르자 그제야 자신의 은신 스킬을 해제했다.

그리고 불 앞에 앉아 다시 마나와 체력을 보충했다.

"아, 기분 좋다."

큰 싸움을 앞둔 이상 준비는 철저해야 한다.

고개를 끄덕인 유정상이 인벤토리를 열어 냠냠플레이어의 냄비를 꺼냈다.

더불어 도마뱀 고기 조각을 꺼내 냄비에 넣고 조미료를 넣었다.

부글부글.

고기가 익으며 육즙이 흘러나와 맛있는 냄새를 풍겼다.

곧바로 그것을 먹었다.

[생명력이 일시적으로 30 오릅니다.]

[체력이 일시적으로 20 오릅니다.]

음식의 재료마다 효과가 조금씩 달랐다.

레벨이 높은 몬스터 일수록 효과가 좋다.

아직 먹어본 음식이 별로 많지 않아 제대로 효과를 정리해 두지 않았지만 조만간 그것도 해둬야겠다는 생각을 했다.

'이제 가볼까?'

피로도 풀렸으니 행동을 개시해야겠다는 생각으로 자리에서 일어섰다.

아직 안전지대 근처에 모여 있는 송곳 원숭이 무리.

다시 은신의 스킬을 시전하며 녀석들의 무리 안으로 뛰어들었다.

송곳 원숭이 무리 속을 빠르게 이동해 갔지만 은신의 스킬 덕분에 놈들은 유정상을 인지하지 못하고 있었다.

처음엔 놈들을 처리하며 이동하려 했지만 굳이 사냥할 필요는 없다는 생각에 빠르게 커서가 가리키는 방향을 향해 움직였다.

파파팟.

체력이 오른 탓인지 몸이 가벼워졌다.

빠르게 커서의 방향으로 이동하다 거대한 바위 계곡에 다다랐다.

사방이 바위로 둘러싸여 있고 사이사이 거대한 나무의 뿌리가 그것들을 감싸고 있었다.

신비로우면서도 독특한 분위기가 유정상의 관심을 끌었다.

던전 밖에 이런 명소가 있었다면 그곳이 어디든 관광객이 끊이지 않았을 것이다.

그렇게 풍경에 감탄하며 은신술을 펼친 채로 계곡 사이를 조용히 이동하는 데 절벽의 바위 틈 사이에 원숭이들의 모습이 간간이 보였다.

바위 절벽 사이에 보이는 조그마한 동굴들도 보인다.

아무래도 이곳이 놈들의 거주지인 것 같았다.

그때 마나가 거의 고갈이 되어 갔고 기력이 빠져 하는 수 없이 일단 은신을 풀었다.

그리고 바위 틈 사이에 몸을 숨겼다.

대충 봐도 주변에 깔려 있는 송곳 원숭이의 숫자는 3백 마리는 충분히 넘어 보인다. 거기다 보이지 않는 녀석들까지 생각하면 얼마가 될지 알 수가 없다.

이런 곳에서 무턱대고 대장을 잡겠다고 달려들었다가는 순식간에 놈들에게 둘러싸이고 말 것이다.

그렇게 되면 결국 제대로 저항도 못해보고 사지가 뜯겨 나가고 말 것이다.

'일단 마나를 좀 더 보충하고 조금 쉰 후에 접근한다.'

계속 땅 속으로 쫓아오던 백정이 어느새 유정상의 발 밑으로 올라왔다.

하지만 녀석도 눈치가 빠른 탓에 주변을 살짝 둘러보고는 다시 땅 속으로 숨는다.

몸을 숨긴 채로 보조 커서를 이용해 중급의 마나 포션을 사용했다.

중급이라고는 해도 대략 1/3 정도 차오른다.

그렇게 두 개를 더 꺼내려 하는 순간 갑자기 나타난 송곳 원숭이 한 마리.

눈이 마주치고 말았다.

"끽! 끽!"

놈이 유정상을 발견하자마자 발작하듯 소리를 질렀다.

푸슉.

그사이 사마귀 청검을 인벤토리에서 꺼낸 유정상이 놈의 머리에 꽂아버렸다.

"끼엑!"

단숨에 놈을 죽이고는 빠르게 바위 틈에서 빠져 나와 은신 스킬을 시전했다.

하지만 이미 죽은 녀석의 소리를 들은 수백 마리의 송곳 원숭이들이 유정상을 향해 모여들고 있었다.

은신 상태로 놈들 사이를 달리다 틈이 없다는 생각에 이동의 팔찌를 이용해 몸을 날렸다.

팟.

공중으로 떠오른 상태로 수많은 원숭이들이 자신이 있던 장소를 향해 모여들고 있는 모습을 내려다보고는 절벽의 중간쯤에 자리를 잡았다.

그리고 곧바로 다시 줄을 날려 계곡의 깊은 곳까지 이동했다.

아직은 이동의 팔찌를 이용한 움직임에 익숙하지 않은 탓인지 마나 소모도 심하고 체력적 부담도 많아 계곡 아래로 내려섰다.

그렇게 계곡 사이를 조심스럽게 이동하다 보니 그 안쪽에 넓은 공터가 나온다.

공터 주변엔 수많은 뼈들이 산더미처럼 모여 있고 그 사이엔 거대한 몬스터의 갈비뼈를 바탕으로 만들어진 커다란 둥지가 있다.

독특한 둥지라는 것도 그렇지만 확실히 그곳에서 풍기는 위압감이 다른 걸로 봐서는 분명 놈들의 보스가 있을 것이

틀림없었다.

그렇게 긴장한 채로 조심스럽게 그곳을 향해 움직이고 있는 그 순간 커다란 괴성이 절벽의 위쪽에서 울려 퍼졌다.

"카우카우카우!"

"킥킥킥킥!"

"쿠오우우우우!"

흠칫한 유정상이 고개를 들어 절벽 위를 올려다보니 많은 수의 원숭이들이 머리를 쳐들고 소리를 지르고 있었다.

그리고 그 신호 때문인지 다시 많은 수의 원숭이들이 유정상이 있는 곳으로 모여들었다.

절벽을 타고 움직이는 놈들도 사방에서 보인다.

상황으로 보면 완전히 놈들에게 둘러싸인 꼴.

은신 상태였지만 어찌된 영문인지 놈들이 유정상의 위치를 파악하고 있었다.

'젠장.'

타타탁.

유정상은 대형 갈비뼈로 만들어진 둥지를 향해 빠른 속도로 달렸다.

"킥킥킥킥!"

사방에서 송곳 원숭이들이 유정상을 감싸 듯 모여들기 시작했다.

유정상은 더욱 속도를 올리며 달렸다.

아무리 유정상이 강해졌다고 해도 이렇게 많은 놈들과

상대하는 건 자살행위나 다름없다.

그런데 그때였다.

"카아아아!"

갈비뼈 둥지에서 엄청난 괴성이 울리더니 거대한 그림자가 그곳에서 튀어나왔다. 그리고는 빠르게 유정상을 향해 달려오기 시작했다.

그러자 유정상의 주변에 있던 원숭이들이 순식간에 사방으로 흩어졌다.

그리고 검은 그림자가 공중으로 날아올랐다.

"카아아아!"

소리를 한번 지르더니 번쩍하는 느낌과 함께 놈에게서 뭔가가 유정상을 향해 날아들었다.

순간 질풍 늘보의 문신이 발동했다.

우우웅.

질풍 늘보의 문신이 새겨진 동공이 살짝 떨었다.

그와 동시에 주변의 사물이 느려지자 유정상은 자신에게 향해 날아드는 물체를 제대로 확인할 수 있었다.

놀랍게도 거대한 원숭이의 우악스러운 손이었는데 유정상이 서 있는 장소를 향해 길게 늘어나고 있었다. 그리고 그 손끝에 날카로운 손톱이 길게 자라 있었다.

유정상이 몸을 날려 피해 내자 그가 있던 자리를 거대한 손이 할퀴고 지나간다.

콰아아앙.

바닥이 길게 패이며 폭발이 일어났다.

"크윽. 젠장!"

엄청난 폭발에 유정상의 표정이 사정없이 일그러졌다.

그리고 먼지가 자욱하게 일어나며 그곳으로 거대한 그림자가 떨어져 착지했다.

곧바로 유정상은 녀석이 이 무리의 대장임을 인식하고는 인벤토리를 열어 곧바로 바닥에 '전사의 영역 깃발'을 꽂았다.

콱.

그러자 곧바로 깃발을 중심으로 퍼져나가는 에너지파.

중심으로부터 20미터 이내에 있는 다른 송곳 원숭이들이 그 영역바깥으로 밀려났다.

"키키키키!"

"킥키킥키키!"

뭔가 알 수 없는 힘에 의해 밀려나자 당황한 탓에 소리를 지르는 원숭이들.

그러나 그런 주변의 상황에서도 의연한 모습의 거대한 그림자.

곧 먼지가 걷히며 놈이 모습을 드러냈다.

머리엔 붉은 줄무늬가 두 개, 귀는 박쥐의 날개처럼 찢어진 모양, 거기다 눈동자는 시뻘겋게 달구어진 쇠처럼 붉었다.

거기다 온몸은 고릴라를 연상케 하는 근육질이었고,

전신은 온갖 상처로 뒤덮여 있었다.

　그리고 원숭이 특유의 꾸부정한 모습임에도 키는 적어도 2미터 이상이었다.

　"클클클클."

　상당한 위압감을 풍기며 서 있는 송곳 원숭이의 두목.

[이름: 두목 송곳 원숭이]

[레벨: 12]

[공격력: 320]

[방어력: 340]

[생명력: 2400/2400]

[힘: 130]

[민첩: 35]

[체력: 160]

[지능: 9]

　'역시 놈이 송곳 원숭이들의 보스로군.'

　거대 사마귀 정도의 압도적인 기세와 괴기스런 느낌은 없지만 그 놈을 제외한다면 이제까지 만난 녀석들 중에서는 가장 강한 기운을 풍겼다.

　두목 원숭이와 유정상이 서 있는 영역 밖에선 원숭이들이 소란스럽게 날뛰고 있다.

　어떻게든 들어오려고 보이지 않는 벽을 향해 손톱으로

할퀴거나 돌로 두들겼지만 어림없는 짓이었다.

백정 역시도 이곳에는 있을 수 없는지 모습을 드러내지 못하고 있었다.

"크르르르."

놈이 특유의 거대한 송곳니를 드러내며 침을 흘린다.

놈의 주둥이에서 풍기는 거북한 냄새가 유정상에게도 느껴졌다.

평생 이빨이라고는 닦아 본적이 없는 인간의 입에 코를 박고 있는 듯한 느낌이랄까?

덕분에 유정상의 얼굴은 잔뜩 찌푸려져 있었다.

팟.

놈이 몸을 날렸다.

그리고 자신의 손톱을 잔뜩 세우며 유정상에게 휘두르자 팔이 다시 길게 쭉 늘어났다.

질풍 늘보의 문신 스킬이 발동되며 놈의 손톱을 피해 냈다.

하지만 놈의 거대한 몸과 움직임에 비해 전사의 영역은 너무 비좁기만 하다.

휙. 휙.

거대한 놈의 손톱을 피해 내며 자세를 잡고는 빠르게 펀치를 날렸다.

퍼엉!

"키엑!"

놈이 유정상의 펀치를 맞고는 휘청했다.

거대 사마귀에 비해 수치상으로는 높은 레벨을 가진 놈이기는 했지만 결코 강하지는 못했다.

물론 유정상이 아무런 도움을 받지 못하고 순수한 자신의 힘과 능력만으로 상대했다면 대적하지 못했을 테지만, 그 동안 그가 얻은 스킬과 아이템으로 인해 이미 놈 정도는 특별히 어려운 상대가 아니었다.

사실, 미래 9급 시절의 자신이었다면 놈의 기세만으로도 죽어버렸을지 모른다.

애초에 이런 놈을 상대하려면 6급 정도는 되어야 할 테니 당연한 일이다.

어쨌거나 3성급 던전의 몬스터 중에선 굉장히 강한 녀석임은 분명하다.

그러나 지금의 유정상은 하루가 다르게 강해지고 있었으니 이미 두목 원숭이로는 어떻게 할 수 있는 존재가 아니었다.

퍼엉.

"켁!"

거대한 원숭이의 몸이 바닥을 구른다.

그리고 벌떡 몸을 일으키더니 다시 달려들었다.

"크아아아!"

다시 손톱을 세워 유정상에게 휘두른다.

턱.

그런데 갑자기 보이지 않는 힘에 의해 가로막혔다.

아무리 용을 써 봐도 꿈쩍하지 않는 두목 원숭이의 오른팔.

"크아아아!"

놈이 흥분하다 곧 다른 쪽 팔을 유정상에게 휘둘렀다.

파앙!

"카아악!"

놈이 발톱을 세운 채로 휘둘렀지만 유정상은 그것을 곧바로 받아쳐 버린다.

그 충격에 팔을 휘적휘적 거렸다.

그리고 놈이 균형을 잃자 곧바로 복부에 주먹을 날렸다.

퍼억!

"크에에엑!"

펀치에 의해 몸이 살짝 떠올랐던 두목 원숭이가 바닥에 떨어지며 무릎을 꿇었다.

"켁. 켁."

퍼억.

"카아! 칵!"

유정상의 펀치가 다시 놈의 안면에 작렬했다.

두목 원숭이의 코가 내려앉으며 쌍코피가 터졌다.

처음의 그 거칠던 기세는 어느샌가 사라져 있었다.

영역 밖의 원숭이들은 더욱 흥분하며 날뛰기 시작했다.

그런 상황에서도 유정상은 담담한 표정으로 인벤토리를 열어 '군주의 인장' 을 커서로 꺼냈다.

그리고 구타에 의해 제정신이 아닌 두목 원숭이의 머리에 그것을 박았다.

쾅.

치이이.

놈의 이마에 연기가 피어오르자 놈이 비명을 질렀다.

"쿠오오오오!"

고통에 몸부림치더니 땅에 머리를 박기 시작했다.

쿵! 쿵! 쿵!

머리에 인장의 새겨지자 강력한 힘이 영향을 미쳤고, 그것을 저항하기 위해 이런 난리법석을 떨고 있는 것이다.

하지만 워낙 질긴 가죽이다 보니 그리 쉽게 상처가 생기진 않았다.

그러나 나름 고통이 있을 법도 한데 한동안 그 짓을 멈추지 않고 계속했다.

하지만 그것도 한계에 다다르자 숨을 헐떡이며 곧 바닥에 철푸덕 쓰러지고 말았다.

유정상은 쓰러진 두목 원숭이만을 바라보고 있었다.

그런데 잠시 후 쓰러졌던 거대 송곳 원숭이가 몸을 일으켰다.

그리고 이마에 새겨진 유정상을 상징하는 군주의 문장이 선명하다.

"쿠어어어!"

녀석이 소리를 지르더니 유정상의 앞에 기어와서는 곧바로 양팔을 뻗어 엎드렸다.

　[미션완료]
　[군주의 인장을 새기는데 성공했습니다.]
　[송곳 원숭이들의 새로운 주인이 되었습니다.]
　[군주포인트 10점이 생성됩니다.]
　[하루에 한 번 포인트가 허락하는 범위 내에서 소환이 가능합니다.]
　[보상으로 전사의 로브와 2만 골드가 생성됩니다.]

　"군주포인트?"
　아무래도 소환과 관련된 점수 같았다.
　아마도 높을수록 많이 소환이 된다는 뜻이리라.
　아무튼 그와 동시에 나름 멋스러운 느낌의 로브와 짙은 검은색 금화 2만 골드가 추가되었다. 더불어 보유 금화는 대략 5만 골드에 가까웠다.

　[전사의 로브]
　[내구력:450/450]
　[방어력: 360]
　[최강의 전사들이 사용하던 로브.]
　[옵션: 마나량을 10% 늘려준다.]

[레벨이 올랐습니다.]

[12레벨이 됩니다.]

전사의 영역 깃발을 다시 인벤토리에 넣고 모든 원숭이
들을 둘러보았다.

주변에 있던 수많은 송곳 원숭이들이 유정상을 향해 엎
드렸다.

유정상을 중심으로 수백의 원숭이들이 엎드려 있는 모습
은 그야말로 장관이었다.

✣ ❖ ✣

[와! 굉장히 많이 모으셨군요.]

아이템 상점의 제나가 유정상의 보유 금액을 확인하고는
놀라며 감탄했다.

제나의 말에 유정상이 턱을 고쳐 세우며 자랑스럽게 말
했다.

"열심히 했으니까."

[네. 수고하셨어요.]

"그건 그렇고 전에 그거나 줘."

['불꽃의 조각' 말씀이시죠?]

"그래. 그거. 2만 골드라고 했지?"

유정상의 질문에 살짝 당황하는 제나.

[아, 그게.]

그러나 유정상은 그런 제나의 모습을 눈치 채지 못하고 계속 떠들어댔다.

"솔직히 2만 골드면 너무 비싸긴 하지. 그래도 어쩌겠어. 한 푼도 못 깎아 준다니 할 수 없는 일이지. 뭐, 그렇다고 네게 불만이 있다는 건 아니야. 너야 그냥 정해진 가격으로 팔 뿐이라는 건 잘 알고 있으니까."

[아, 저기… 그게….]

"왜 그래?"

[불꽃의 조각 말인데요. 가격에 조금 변동이 생겨서….]

"변……동 이라니, 무슨 말이야?"

유정상의 눈이 살짝 치켜떠졌다.

[이번에 불꽃의 조각 원료 보급에 문제가 생겨서 가격이 조금 올랐거든요.]

"뭐? 올랐다고?"

유정상이 갑자기 소리를 버럭 지르자 제나가 움찔거린다.

[네… 조, 조금요.]

제나가 기어들어가는 소리로 말하자 씩씩대던 유정상이 심호흡을 하며 마음을 다잡는다. 그리고 표정을 관리하며 물었다.

"크으음. 얼…마지?"

[저, 저기. 3만… 골드요.]

"뭐야!"

다시 움찔거리는 제나.

그 모습에 다시 심호흡하는 유정상.

"그, 그래. 뭐. 물가라는 게 그럴 수도 있지. 갑자기 일어난 재난 때문이든, 인간의 병신 짓 때문이든 이곳도 그런 일이 종종 있으니까 말이지. 그건 그렇고 3만 골드면…….후우. 뭐. 그럭저럭 살만하네."

유정상이 다시 인내심을 발휘하며 심호흡하고는 고개를 끄덕인다.

그런데 아직 제나의 표정이 좋지 않다.

[저기. 그러니까…….]

"……?"

[사, 삼만 골드가 올랐다고…….]

"뭐야? 그럼 삼만 골드가 아니라 오만 골드라는 거야? 씨발! 죽을래?"

[꺄악!]

유정상의 인내심이 그만 폭발하고 말았다.

그 동안 2만 골드면 된다는 마음으로 죽어라 몬스터를 때려잡았던 상황들이 주마등처럼 머릿속을 스쳤다. 그런데 기껏 왔더니 그새 가격이 천정부지로 뛰어버렸다.

눈앞에 있는 제나의 머리를 제대로 쥐어박고 싶었지만 극한의 인내심을 발휘하며 참았다.

유정상은 인벤토리를 열어 개수가 많은 아이템들 몇 개를 꺼내었다.

"여기 잡템들 사줘."

"네? 갑자기 왜……?"

제나의 말에 다시 폭발하고 말았다.

"돈이 모자라니까! 돈! 돈! 돈이 모자란다고! 씨발! 32골
드 모자란다. 이제 이해가 되냐?"

[꺄아아악!]

그렇게 한동안 난리법석을 떨고 나서야 겨우 진정이 되
었다.

그리고 약간의 잡템을 팔아 가격을 맞추었다.

피 같은 골드가 쏙 빠져나가니 갑자기 마음이 허해졌다.
뭘 먹어도 배가 고플 것 같은 기분이었다.

그리고 퀭한 얼굴로 손을 뻗으며 유정상이 말했다.

"이젠 줘봐."

[…….]

"어서!"

[아, 네.]

하도 난리법석을 떨었더니 제나도 조금 정신이 없는 모
양이었다.

어쨌든 제나에게 불꽃의 조각을 받아 이네크의 반지소켓
에 박아 넣었다.

박아 넣을 때만 소켓이 살짝 보이더니 금세 사라지고는
반지에 붉은 불꽃 모양이 조그맣게 새겨진다.

그 모습을 씁쓸한 표정으로 내려다보는데 제나가 유정상의 눈치를 보며 조심스럽게 말했다.

[새로운 소켓 삽입용 아이템이 나왔는데 구경 해보시겠어요?]

"새로 나왔다고?"

[네.]

그렇게 말하며 '불꽃의 조각S'라는 아이템을 보여준다.

이미 이네크의 반지에 넣은 녀석과 비슷하게 생겼지만 다른 점이라면 붉은 기운에 전기의 기운이 섞여있다는 것.

[가격은 10만 골드랍니다.]

"뭣!"

힘들게 돈을 맞춰서 겨우 불꽃의 조각을 샀더니 그 위 등급이 10만 골드란다. 현실의 돈으로 환산해도 10억. 실제 가치로는 10억을 훨씬 초과할 것이다.

뭔가 허무하다는 생각에 한숨을 푹 쉰다.

한동안 그렇게 어깨를 축 늘어뜨리고 있다가 곧 생각난 것이 있어 제나에게 물었다.

"그나저나 혹시 이거 여기서 처분이 되는 건가?"

그렇게 말하며 인벤토리에서 검은 보석을 꺼냈다.

쌍도 사마귀를 죽이고 얻은 두 개의 '다크 주얼리'였다.

[검은 보석이군요.]

제나가 흥미롭다는 표정으로 보석을 자세히 살폈다.

"여기서 구입해줄 수 있어?"

[가능해요. 하지만 이런 물건은 그냥 파는 것보다는 인챈트 시켜 사용하시는 게 이익이 되지 않을까요?]

"인챈트?"

예상하지 못한 제나의 말에 유정상의 고개를 갸웃거렸다.

[네. 유명한 노마법사님이 계신데 이런 일은 전문이시죠.]

"무슨 기능이 추가되는 거지?"

[글쎄요. 다크 주얼리는 인챈트가 랜덤으로 걸리니까. 정확한 건 아무도 몰라요.]

"결국 복불복이라는 거군."

[그 정도는 아니고요. 인챈트 시키면 일단 유용한 아이템이 된다는 건 확실해요. 뭐가 될지 모를 뿐이지.]

"알았어. 얼마면 되지?"

[아마도 개당 2만 골드 정도일거에요.]

이곳에서 뭔가를 산다는 건 이렇게 엄청난 고뇌를 안겨준다는 걸 절실히 느낀 유정상이었다.

"에휴. 결국 또 이렇게 거금 4만 골드가 나가겠군."

[……]

"뭐, 상관없겠지. 아무튼 그럼 그렇게 해줘. 그거 외상으로 되는 거겠지?"

안된다면 그냥 확 뒤집어 버릴 생각이었다.

그런 유정상의 분노를 눈치 챘는지 제나가 어색한 웃음을 지으며 끄덕였다.

[네. 다음에 완성이 되고나서 그때 지불하시면 됩니다.]

"또 가격이 오른다거나 하는 건 아니겠지?"

[이건 인건비니까 오르지 않아요.]

"뭔 소리야. 인건비도 때가 되면 꼬박꼬박 오른다고."

[……]

"그나저나 시간은 얼마나 걸리지?"

[글쎄요. 그건 일단 맡겨서 작업을 시작해봐야 알겠지만, 일반적으로는 보름에서 한 달가량 소요 될 거에요.]

"알았어. 그럼 그렇게 해줘."

[네.]

✥ ❊ ✥

결국 죽음의 사자 던전에 대한 사람들의 관심은 대형 길드의 간섭으로 이어지게 되었다.

대형 길드로서는 이런 특수한 곳이 주는 이점이 적지 않다는 걸 안 이상 그냥 포기할 리가 없었다. 특히나 4대 길드까지 이 문제에 간섭하려는 움직임이 보이자 던전을 둘러싸고 길드 간에 대립이 생겨나기 시작했다.

하지만, 정작 중재를 해야 할 국가는 오히려 이 문제는 길드연합에서 알아서 판단을 내리라고 결정하며 한발 물러서자 길드간의 대립은 더욱 심해졌다.

그리고 결국 4대 길드를 중심으로 한 대형 길드들이 안전지대에 대한 이권에 한발짝 더 다가갔고 그들 간의 담합으로 결론이 나고 있었다.

그 때문에 인터넷에서는 이 문제로 수많은 비난의 여론이 생겼다.

특히나 중소형 길드를 중심으로 이런 대형 길드들의 횡포에 반기를 드는 움직임도 보였다. 그러나 그런 많은 이들의 불만에도 결국 안전지대는 그렇게 대형 길드들의 놀이터가 되어 버렸다.

이로써 사람들의 관심 밖에 있던 던전이 안전지대 하나로 인해 뜨거운 감자가 되어 버렸다.

❖ ❖ ❖

"이 자식들이 누구 맘대로 안전지대 소유권을 주장하고 지랄이야?"

"아침부터 왜 욕을 하고 그래?"

TV를 보던 유정상이 흥분으로 떠든 소리에 정인이 반응하자 흠칫 놀랐다.

"응? 아무것도 아니야. 그런데 벌써 출근해?"

"그래. 빨리 시작하는 알바라 겨우 학원 시간에 맞춰지거든."

"바쁘네."

"후후 그렇지 뭐."

그렇게 유정인은 아침 알바를 위해 출근 준비를 하고 있었다.

그녀는 하루 종일 매달렸던 일은 중단하고 아침시간만 하는 식당 알바를 하고 있었다. 그리고 오후엔 그동안 집안 사정으로 중단했던 요리 학원을 다시 다니기 시작했다.

물론 학원비는 자신이 번 돈으로 충당하고 있었다.

처음엔 유정상이 그것을 만류했지만 학원비 정도는 벌어서 할 생각이라며 고집을 꺾지 않았다.

"다녀올게."

"그래."

유정상은 누나가 출근하는 뒷모습을 잠시 바라보다 곧 다시 TV속에 시선을 보냈다.

역시 던전에서 만났던 공지훈의 말처럼 자신이 만들어 둔 안전지대가 엄청난 관심을 받고 있었다.

나름 인터넷에도 들어가 관련 기사나 영상들도 찾아보니 온통 그 던전에 대한 대형 길드들의 횡포 이야기로 가득 차 있었다.

특히나 대형 길드들이 국가를 상대로 로비를 해 4대 길드를 중심으로 사용권이 부여되는 등 어이없는 모습도 제법 보였다.

자신이 미션으로 수행했던 일들 중 하나가 대형 길드들의 이익을 위한 장난감으로 전락해버렸다는 생각에 화가

치밀었다.

생각다 못한 유정상이 근처 PC방으로 갔다.

일단 모자와 마스크까지 착용한 후 PC방에서 자리를 잡았다.

그리고 던전관리국 홈페이지에 접속했다.

'아이디는 뭐로 하지?'

잠시 고민에 빠진 유정상.

그리고 얼마 전에 얻은 방어 장비를 떠올리고는 아이디를 '블랙 로브'로 정했다.

뭔가 검은 사제의 느낌도 들면서 조금은 비밀스럽다는 느낌 때문에 만족하며 고개를 끄덕인다.

그리고 수많은 글이 올라오는 던전 관련 게시판에 글을 남겼다.

– 안전지대 소유권자입니다. –

라는 제목을 걸고 내용을 적었다.

『안전지대를 만든 사람인데요. 그거 원래 모두를 위한 공간입니다. 그런데 대형 길드들이 주인의 허락도 없이 그걸 소유하기 위해 싸우다니 어이가 없군요. 곧바로 회수하러 가겠습니다.』

유정상은 글을 올리고 나서 곧바로 PC방을 나가버렸다.

그리고 곧이어 사람들이 그 글에 댓글을 달기 시작했다.

– 뭐야 이사람. 낚시하나?

– 안전지대 소유권자? ㅋㅋㅋ 또 만들어 보시지.

- 여기 병신 하나 추가요!

- 세상에. 이사람 정체가 뭐죠? 이렇게 금방 들통날 거 짓말을 왜 할까요?

- 미친. 그래서 뭐? 관심 받고 싶다고?

- 회수? 정말? ㅋㅋㅋㅋ

- 뭐라고?ㅋㅋㅋ

비웃는 댓글들이 즐비하게 달리기 시작했다.

오후가 되자 유정상은 다시 죽음의 사자 던전으로 향했다.

던전에 도착했더니 주차장이 몇 배로 넓어져 있었다. 하지만 그럼에도 차들이 넘쳐나 주차 공간이 없을 정도였다.

하는 수 없이 던전에서 조금 떨어진 공터에 주차했다. 생각보다 이곳에 주차한 차들도 많은걸 보면 얼마나 던전에 많은 각성자들이 들어갔을지 알 만했다.

물론 던전의 공간을 생각해보면 전국의 각성자들이 모두 들어간다고 해도 상관없을 만큼 크긴 했다. 어쨌거나 자신이 미션을 통해 만든 안전지대가 소수의 힘 있는 인간들에 의해 좌지우지 된다는 건 썩 좋은 기분이 아니었다.

미래에서도 대형 길드들의 이런 횡포에 얼마나 분통이 터졌던가?

돈이 된다 싶은 던전은 로비를 통해 자신들의 전용 던전으로 만들어 꿀을 빨았다. 각성자들 역시도 강자와 약자,

빈익빈 부익부 현상이 심했던 것이다.

입구 근처에 갔더니 많은 사람들이 모여 있었는데 소란스러운 분위기였다.

대부분의 각성자들이 입구에서 책임자를 만나고 싶다며 화를 냈고, 사무실에서는 모르쇠로 일관하고 있었다.

"씨발. 자기들만 사용하는 게 말이 돼?"

"국가고 나발이고 전부 대형 길드 새끼들이랑 한통속이야."

"젠장. 일부러 먼 곳에서 왔는데. 아우, 분통터져."

상황을 보니 대충 그림이 그려진 유정상이 많은 사람들을 비집고 곧바로 입구 근처 사무실로 다가갔다.

"뭐요? 150만원? 며칠 전만 해도 100만 원이었잖아요."

유정상이 황당하다는 표정으로 물었지만 공무원은 그저 냉랭하게 대답할 뿐이었다.

"입장료가 올랐습니다."

"겨우 안전지대 하나 생긴 걸로요?"

"겨우 라니. 전 세계에 유일하게 있는 곳이 여기인 걸 몰라요?"

당연히 알고 있다. 누구도 아닌 유정상 본인이 만들었으니 모를리 없지 않은가?

그런데 마치 자신들이 그걸 만들기라도 한 듯 자랑스럽게 말하는 공무원의 모습에 유정상이 황당한 표정을 지었다.

"뭐, 이런."

사실 돈이야 몬스터 사냥으로 그 이상 뽑아내면 되는 일이니 그리 신경 쓸 문제는 아니다.

하지만 문제는 이들의 모습이다.

유정상은 안전지대를 만든 당사자로서 이들의 태도에 무진장 열을 받고 있었다.

일단 카드로 결제하고 던전에 들어섰다.

들어서자마자 코스프레용 던전 슈트가 검은색 전사의 로브로 변했다.

로브이긴 해도 방어력이 기존의 지옥귀 슈트에 비에 훨씬 뛰어났다.

거기다 더 마음에 드는 건 머리에 쓰는 두건의 역할이었다.

일반적인 두건이라면 그저 뒤집어쓸 뿐이라 가까이 가면 얼굴을 알아볼 수 있다. 그러나 전사용 로브는 전혀 달랐다.

일단 두건을 머리에 쓰면 얼굴이 드러나지 않는다.

아무리 밝은 곳이라 하더라도 두건 안은 검은 그림자가 짙게 깔려 절대로 얼굴이 드러나지 않았다. 외부의 힘에는 잘 벗겨지지도 않는다.

그런데 로브에 깃든 힘 때문일까?

목소리가 원래보다 조금 더 중저음으로 바뀌었고, 거기다 평소와 다른 기분이랄까? 뭔가 미묘한 변화가 있었다.

어쨌거나 그 모습으로 던전 안으로 들어갔다.

간 김에 바로 회수하지 않고 몬스터 몇 마리를 사냥한 후 아이템과 부산물을 어느 정도 얻고 거기다 귀환석까지 구하고 나서 영혼의 휴식처를 향해 걸어갔다.

그런데 근처에 도착하자 주변에 많은 사람들이 모여 있었다.

모두 불만 섞인 표정이었지만 특별히 따지지는 못하고 있었다.

그리고 안전지대 안에서 대기하고 있는 십여 명의 사내들이 눈에 들어왔다.

유정상이 그곳으로 들어가려하자 몇 명이 막아섰다.

"이곳은 어제부터 우리 블랙 네피림이 한 달 동안 소유한 장소요. 그러니 허락되지 않은 사람은 이곳에 들어올 수 없소."

그 말에 유정상은 어이가 없었다.

누구 맘대로 그걸 정했다는 말인가?

"소유? 니들 맘대로 그걸 정한 거냐?"

순간 유정상은 자신이 떠든 말에 흠칫하고 놀랐다.

그냥 평소대로 이야기하려 했는데 뜬금없이 거친 음성에 그것도 반말로 지껄인 것이다.

높임말 자체가 되지 않으니 황당한 기분이었다.

'뭐야? 도대체.'

스스로도 이해를 못하고 있었는데 그의 앞에 있던 사내는 얼굴을 잔뜩 일그러뜨리고 있었다.

"언제 봤다고 반말로 지껄이는 거야?"

"……."

아무래도 입을 열기가 살짝 두려운 유정상이었다.

뭔가 변했다는 느낌이 어떤 것인지 대충은 알 것도 같았다.

"씨발! 별, 거지같은 새끼가……."

"적당히 해라."

바닥에 이것저것 장비들과 짐들을 확인하던 중년의 사내가 다가오더니 그의 말을 끊었다.

"이 자식이 초면에 반말로 떠들어서요."

"그만 하라니까."

"네."

그리고는 중년의 사내가 유정상에게 고개를 돌리고 말했다.

"국가와 합의해서 정한 일이오. 그러니 따지려면 국가를 상대로 하시오."

"국가?"

"그렇소."

"어이가 없군."

유정상의 말에 다시 발끈하는 사내를 그가 다시 저지했다.

"세상일이란 본디 그런 것이오."

"본디 그런 것이라……. 좋아. 그렇게까지 말한다면."

유정상이 그렇게 말하며 그들을 물끄러미 바라보다 곧 몸을 돌렸다.

미션이라 본의 아니게 만들기는 했지만, 특정 집단의 이익만을 사용될 그런 장소가 될 거라면 그냥 회수하는 게 옳았다.

유정상이 안전지대에서 어느 정도 멀어지자 곧바로 디스플레이를 확인했다.

화면 한쪽에 있는 '활력의 불꽃 1번'을 커서로 클릭했다.

[활력의 불꽃 1번을 회수하시겠습니까?]

"그래."

그러자 순식간에 인벤토리 안에 푸른색의 활력의 불꽃이 생성되었다. 이로써 인벤토리엔 활력의 불꽃이 두 개가 되었다.

그것을 확인하고는 곧바로 귀환석을 이용해 바깥으로 나가버렸다.

그리고 그 순간 안전지대의 가운데에 있던 모닥불이 훅 하며 꺼지고 말았다.

"뭐, 뭐야?"

근처에 있던 사내가 모닥불에 다가와서 보더니 황당함에 화들짝 놀랐다.

그리고 다른 사람들도 모여들더니 갑자기 꺼져버린 모닥불을 바라보며 소리쳤다.

"누가 이거 끈 거야?"

"이거 일부러 끌려고 해도 안 꺼지는 겁니다."

"지금 꺼졌잖아."

"네? 그럴 리가요. 헉!"

순식간에 안전지대는 더 이상 제 기능을 하지 못하게 되었다.

그 덕에 인근에 있던 몬스터들이 잠시후 습격을 시작했고 그 때문에 그곳에 잔뜩 깔아두었던 장비들과 짐들이 모두 부셔져 버렸다.

그렇게 블랙 네피림의 길드원들은 제대로 장비들을 회수하지도 못하고 철수하는 야단법석을 떨고 말았다.

그 소식은 금방 던전 밖에도 알려져 그 때문에 정부에서 관리들이 파견되기도 했다.

갑작스레 벌어진 이 일로 다시 인터넷이 뜨거워지기 시작했다.

특히나 던전관리국에서 운영하는 사이트에 '블랙 로브'라는 사내가 남긴 글은 이번 일로 인해 엄청난 조회를 기록하며 댓글이 폭주했다.

처음엔 비아냥거리며 비꼬기만 하던 댓글들이 어느새 그가 진정한 주인이 아니었을까 하는 이야기로 흘러가기 시작했다.

- 회수하겠다는 글이 남겨진 시간을 보세요. 실제로 안전지대의 모닥불이 사라진 시간과 비교해도 3시간이 채 넘지 않습니다.

- 우연 같은데.

- 이정도면 우연으로 보기는 힘들 듯. 상황이 너무 맞아떨어지는 걸 보면.

- 진짜 주인 맞을까요?

- 정황으로 보면 맞을 것 같군요.

- 인간들의 욕심이 결국 화를 불렀군요. 나름 배려를 해서 만들었을 텐데 말이죠.

- 차라리 잘된 듯. 안 그래도 대형 길드 녀석들의 횡포에 어이가 없었는데.

블랙 네피림에서도 던전관리국의 홈페이지 게시판에 쓰인 이 글을 확인하고는 실제 당시에 안전지대에 있던 사람들을 조사했다. 그러던 중 어떤 검은색의 로브를 입은 사내가 왔다 갔었다는 정황도 알아냈다.

특히 블랙 로브의 사내가 직원 하나와 말다툼이 있었다는 사실도 확인했다.

어쨌든 그로 인해 블랙 네피림 뿐만 아니라 방송국에서도 블랙 로브라는 아이디의 사내를 찾으려는 움직임이 활발하게 진행되었다.

그러던 중 그 아이피 주소가 한 PC방임을 알아내고는 시간과 위치를 조사해 곧바로 CCTV를 확인하자 모자와 마스크를 쓴 사내가 잡혔다.

저녁 뉴스에까지 이 장면이 방송되자 많은 사람들의 관심을 받게 되었다.

하지만 CCTV의 화질이 워낙 좋지 않았고 거기다 그 영상 말고는 단서가 없어서 그의 정체를 알아내는 건 결국 실패하고 말았다.

그리고 며칠 뒤 다시 블랙 로브라는 아이디로 작성된 글이 다시 게재됐다.

『안전지대를 처음 만든 의도는 각성자 모두가 던전에서 짧은 시간이나마 편히 쉴 수 있는 공간을 마련하기 위함이었습니다.

그래서 모두에게 개방한 것인데 상황이 이렇게 흘러갈 줄은 정말 몰랐군요.

특히 대형 길드나 국가에서 이 장소를 이용하려고 달려드는 모습에 정말 혐오감을 느꼈습니다. 그와 더불어 제가 한 일에 대해서도 후회가 되더라 이 말입니다.

그리고 욕심 많은 대형 길드에게 하고 싶은 이야기가 있습니다.

당신 같은 인간들은 99가마의 쌀을 집에 쌓아두고도 없는 인간들의 한 말의 쌀까지 빼앗을 쓰레기들입니다.

이제 더 이상 배려는 없습니다.

앞으로는 알아서들 하시길…….

PS. 그리고 던전 입장료는 왜 50만원이나 쳐 올리고

지랄이신지. 거기다 왜 그렇게 불친절한 거야? 박X민 반
성해.」

그 글은 삽시간에 엄청난 조회수를 기록하며 사람들의
폭발적인 관심을 받았다.

특히 마지막에 쓰인 박X민이라는 사람이 누구냐며 던전
관리국 홈페이지에 문의 전화까지 폭주하는 바람에 그가
당시 던전 입구 사무실에 있던 공무원이라는 사실까지 인
터넷을 통해 알려지고 말았다.

덕분에 그는 결국 다른 곳으로 발령을 받게 되었다는 이
야기도 전해져 왔다.

유정상의 뒤끝 작렬에 불쌍한 하급 공무원만 재물이 된
것이다.

어쨌든, 이번 일로 인해 국가와 함께 대형 길드들은 각성
자들뿐만 아니라 일반인들에게까지 욕을 바가지로 먹게 되
었다.

특히 방송국은 이번 일을 크게 부각시키며 그동안 대형
길드들의 횡포, 그리고 정부와 밀착해 자신들 임의대로 인
기 있는 던전을 독점하던 일까지 대대적으로 방송하며 그
들을 몰아세웠다.

이 일로 인해 다시 인터넷이 뜨거워졌고, 수많은 사람들
이 관련 글에 댓글로 찬반이 갈리며 더욱 뜨거워졌다.

급기야 대형 길드의 대표들과 정부의 대변인까지 이 모
든 사태가 확산되는 걸 막고자 진화에 나섰고, 결국엔 기자

회견까지 하며 국민들의 분노를 잠재우기 위한 노력에 나섰다.

특히나 그들은 기자회견장에서 '블랙 로브'에게 공식적으로 사과까지 하면서 어떻게든 상황을 돌려보려 노력했지만 게시판에선 결국 아무런 대답도 없었다.

더불어 던전에서 사라진 안전지대는 다시 생성되지 않았다.

✤ ❊ ✤

"킥킥킥. 아무튼 재밌는 녀석이야."

공지훈이 스마트폰을 들여다보며 즐거워했다.

그도 그럴 것이 최근 대형 길드의 횡포에 공지훈 역시도 어이가 없어 하고 있던 참에 갑자기 그들이 가로채다시피 했던 안전지대가 갑자기 사라져버렸으니 당연한 일이었다.

거기다 저렇게 기자회견까지 급하게 하며 꼴사나운 모습을 보고 있으니 절로 웃음이 나올 수밖에 없었던 것이다.

거기다 안전지대를 만든 장본인에 대한 것도 어느 정도 알고 있는 입장이라 더욱 재미가 있었다.

그들이 찾았다는 PC방의 화면 속 인물.

모자를 쓰고 마스크를 하고 있었지만 분명 공지훈이 알고 있는 유정상이 분명했다.

안 그래도 던전에서 헤어진 후 뭘 하며 지낼지 문득 궁금했었는데 이런 통쾌한 짓이라니 무척이나 마음에 드는 녀석이라고 생각했다.

어쨌든 다시 만나고 싶다는 생각을 하고 있었던 참에 PC방의 위치를 알게 되었으니 조만간 만날 수 있을 거라 생각하고 있었다.

"그나저나 왜 이렇게 맛이 없지?"

한국에서 그래도 알아주는 최고급 호텔 레스토랑이었고, 공지훈도 자주 찾는 곳이었다.

음식 맛으로는 정말 최고라고 자부하는 최고의 주방장 요리였고, 늘 그것에 만족했었다. 그런데 오늘은 어쩐지 그 맛이 예전 같지 않다.

"여기."

공지훈이 시선을 보내자 레스토랑의 젊은 여성매니저가 서둘러 그에게 다가왔다.

"부르셨습니까?"

"매니저 누나. 여기. 주방장 바꿨어?"

"네?"

"왜 맛이 이전 같지 않은 거지?"

"주방장님은 그대로입니다만."

"그럼, 재료가 달라져서 그런가?"

"금방 확인해 보겠습니다."

매니저가 당황한 표정으로 그렇게 말하고는 서둘러 빠른

걸음으로 사라졌다.

공지훈은 다시 고기를 한입 베어 문다.

그리고는 고개를 갸웃거린다.

분명 고기는 괜찮고 향도 그대로지만 무엇 때문인지 예전에 먹던 그 감동이 느껴지지 않는다.

곧 주방장이 잔뜩 긴장한 얼굴로 다가왔다.

"요리가 마음에 들지 않으신지."

하지만 주방장의 물음에 대답하지 않던 공지훈이 생각에 잠긴 듯 심각한 얼굴로 있자 더욱 긴장하며 조용히 곁에 서 있었다.

그도 그럴 것이 지금 주방장의 앞에 앉아 있는 사내는 이 호텔의 주인이자 이 같은 호텔 여러 개를 보유하고 있는 그룹 회장의 막내 동생이자 현역 은퇴한 전 회장인 창업주의 막내아들이기 때문이었다.

그런 그는 평소 자유분방한 성격이지만 요리 만큼은 까다로운 성격이라 아무거나 먹지 않는 걸로도 유명했다. 특히 외국에서 열리는 미식가들의 모임에 가끔 참석하며 맛에 대한 품평도 곧잘 하는 등 젊은 나이에 비해 이쪽 세계에선 꽤나 알려져 있는 인물이었다.

하지만, 계열사 중에서도 유독 이곳 레스토랑의 음식을 좋아해 자주 찾아 왔었고 늘 만족한 얼굴로 돌아갔었는데 오늘은 어쩐 일인지 계속 요리에 불만족스러워 하고 있었으니 긴장이 안 될 수가 없었던 것이다.

이쪽 계통에서는 막내 도련님의 입맛에 맞출 수 있으면 최고의 주방장이 될 수 있다는 이야기가 돌 정도라 특히나 그가 식사 후 어떻게 반응하는지 직원들은 늘 촉각을 세우고 있었던 것이다.

그런데 그가 오늘 음식에 불만을 가지고 말았다.

어쩌면 최고라고 늘 자부하던 그의 위치가 흔들릴 수도 있는 것이다.

꿀꺽.

마른침을 삼키며 그가 무슨 이야기를 할 지 기다리고 있었다.

하지만 아무런 말없이 계속 저렇게 생각에 잠겨있으니 더 불안해진다.

그런데 잠시 후 그가 머리를 번쩍 쳐들고는 손뼉을 쳤다.

"그래 맞아! 결국 그거였군."

그렇게 말하더니 싱글거리는 표정으로 서둘러 레스토랑을 빠져나가는 게 아닌가?

모든 직원은 그가 사라진 곳을 멍하게 바라보았고, 주방장은 지금 무슨 일이 벌어진 것인지 아직 영문을 몰라 하며 울상이 되었다.

'결론을 좀 내달라고. 그냥 가지 말고.'

　❖　❖　❖

　[다음 미션.]

　[좌표는…….]

　이번에는 그리 멀지 않은 인근 도시 외곽의 던전이었다.

　'솔개 1호' 던전.

　당연하게도 솔개라는 길드가 처음 클리어한 곳이란
다.

　3성급의 던전으로 제법 까다롭다는 평이 있는 곳으로 보
스 몬스터는 주걱턱 침팬지 우두머리다.

　3성급임에도 일반 중소길드는 클리어를 감히 엄두도 못
내는 제법 어려운 곳이라는 설명도 앱에서 확인했다.

　이유는 바로 주걱턱 침팬지의 압도적인 숫자 때문이라는
보충 설명도 곁들여 있다.

　그런 사실이야 어찌되었건 유정상은 황당한 표정을 짓고
있었다.

　[주걱턱 침팬지의 보스를 쓰러뜨리고 머리에 군주의 인
장을 새겨 넣어라.]

　[미션을 해결하지 못할시 4레벨의 손실과 함께 2만 골드
가 사라진다.]

　[미션수행까지 남은시간 12시간.]

"무슨 원숭이만 잡으라는 건가?"

송곳 원숭이 두목의 머리에 군주의 인장을 박은 게 며칠 되지도 않았는데 다시 이런 미션이 주어지자 황당하지 않을 리 없다.

그래도 주어진 미션이니 하는 수 없는 일이다.

입장료 100만 원을 주고 던전에 들어갔다.

[이름: 유정상]

[직업: 커서마스터]

[레벨: 12]

[공격력: 90+180(이네크의 반지)+60(불꽃의 조각)]

[방어력: 60+360(전사의 로브)]

[생명력: 340/340]

[힘: 35]

[민첩: 39]

[체력: 52]

[지능: 11]

오랜만에 자신의 상태를 확인하며 고개를 끄덕이는 유정상.

불꽃의 조각이 이네크의 반지에 추가되면서 공격력이 60 증가했다.

그리고 전사의 로브로 바꿔 입은 탓에 방어력이 올랐지만,

추가 옵션이던 생명력은 조금 떨어졌다.

그래도 마나량 10%의 옵션은 크다. 최근 스킬이 늘어나면서 마나 소비가 늘었기 때문이다.

"삐이이!"

자신의 상태창을 확인하며 생각에 빠져 있는 사이 백정이가 땅속에서 튀어나오며 반갑게 맞았다. 블랙 로브로 인해 얼굴 확인이 쉽지 않지만 백정과는 이미 정신적 교감이 있으니 그런 건 상관없는 일이었다.

유정상이 피식 웃으며 백정을 내려다보았다.

"오늘도 열심히 해보자고."

"삐이이."

이미 주걱턱 침팬지의 경우엔 경험이 있기 때문에 어느 정도 자신감이 있었다.

던전 역시 배경은 정글.

아무래도 원숭이들의 주 서식지라 당연한 일이었다.

그런데 이번 던전은 들어서자마자 확실히 주걱턱 침팬지가 장악하고 있다는 사실을 알려주듯 다른 동물은 별로 보이지 않았다.

붉은 눈 흑표범이나 푸른 늑대처럼 단독 생활을 하는 놈들만 간간이 보일 뿐 별다른 몬스터는 만나지 못했다.

물론 두 놈은 이미 조각조각 분해되어 인벤토리에 고이 모셔져 있는 건 물론이고.

그렇게 대략 한 시간 정도 커서의 방향을 확인하며 이동하다 주걱턱 침팬지 다섯 마리를 만났다.

그런데 예전에 만났을 때보다 어쩐지 더 공격적인 느낌이었다.

하지만 그러거나 말거나 유정상의 주먹엔 자비가 없었다.

퍽. 퍽. 퍽.

"끼엑!"

"끽!"

"꾸익!"

과연 공격력이 크게 오른 탓인지 한방에 한 놈씩 죽어나갔다.

그리고 불꽃의 조각 효과 때문에 주먹을 날릴 때마다 불길이 일어나는 특징도 있었다. 방금 맞은 녀석들도 순간적으로 온몸에 불길이 일었다가 사라지는 현상이 있었다.

순식간에 세 마리를 때려죽이고 남은 두 마리 중 한 마리는 백정이 사냥. 그리고 한 마리는 놓쳐버렸다. 그러나 어차피 도망친 녀석이 동료들을 데리고 올 것이 분명하다.

오랜만에 들어왔으니 제대로 사냥을 해볼 참이었기 때문에 한꺼번에 상대할 생각이었다.

물론 그동안 제법 강해진 자신을 믿고 있었기에 가능한 자신감이었다.

그리고 잠시 후 유정상의 예상대로 주걱턱 침팬지들이 대규모로 몰려들기 시작했다.

유정상은 은신 스킬을 시전했다. 그리고 놈들 사이를 돌파하며 한 마리씩 사냥하기 시작했다.

은신 스킬을 사용하고 있었지만 마나 소모는 예전에 비해 소모량이 적었고, 그나마도 떨어지면 보조 커서를 이용해 초급 마나 포션들을 소모하며 보충했다.

그렇게 한참 동안 주걱턱 침팬지의 무리를 뚫고 본진을 향해 달려가다 몸이 서서히 지쳐갈 무렵 회수해 온 활력의 불꽃을 꺼냈다.

화악.

모닥불이 피어오르자 침팬지들은 유정상의 흔적을 완전히 잃어버리고 말았다. 원숭이들이 주변을 두리번거리는 모습을 바라보던 유정상이 머리에 쓴 로브를 뒤로 젖혔다.

그리고 평소처럼 냠냠플레이어의 냄비를 꺼내 인벤토리에 남은 도마뱀 고기를 요리했다.

맛깔스러운 냄새가 피어올랐지만 냄새 역시도 안전지대를 벗어나지 않아 주변에 있는 주걱턱 침팬지들은 여전히 유정상을 찾지 못하고 있었다.

코앞에서 주변만을 살피는 모습이 재밌을 법도 하지만 이것도 자주 겪으니 그저 덤덤하기만 했다.

아무튼 냄비의 고기가 다 익자 곧바로 식사에 들어갔다.

"쩝. 쩝."

던전에 들어올 때마다 먹는 고기였지만 먹을 때마다 별미라는 건 여전했다.

쌓였던 몸의 피로가 순식간에 풀리는 상황에다 던전이라는 특별한 장소에서 먹는 맛은 어디에서도 경험할 수 없는 기묘한 느낌이다.

어쨌든, 추가 능력치를 올리고 나서 몸의 피로를 완전히 풀어낸 다음 곧바로 은신을 시전하며 이동하기 시작했다.

그리고 커서가 가리키는 방향으로 대충 30분 정도를 더 이동했을 무렵 숲 깊은 곳에 거대한 폭포가 있는 곳이 눈에 들어왔다.

폭포의 높이가 거의 백여 미터 이상은 되어 보이는데다가 폭도 수십 미터에 이르는 그야말로 장관을 이루는 곳.

폭포 사이사이에 거대한 나무가 얽혀 있어 그 외형 또한 독특하면서도 멋들어진 장소였다.

'원숭이들은 절경을 좋아하는 건가?'

송곳 원숭이의 경우도 그랬고, 이번 주걱턱 침팬지의 경우도 웅장하면서도 멋있는 장소에 둥지를 만드는 경향이 있어보였다. 나름 녀석들도 주거환경을 따지는 게 아닌가 싶었다.

폭포 아래에 서서 올려다보는데 폭포의 중간쯤에 있는 나무 사이에 거대한 둥지로 보이는 곳이 보였다. 사방이 짐승가죽에 둘러싸여 있고, 그 사이에 몬스터의 머리가 군데군데 걸려 있는 걸로 봐서는 주걱턱 침팬지의 우두머리가 있는 장소가 아닌가 했다.

이동의 팔찌를 이용해 올라갈까 하는 생각을 했다가 곧

관두었다.

폭포 아래 넓은 터에 서서 은신 스킬을 풀었다.

그리고 유정상이 소리를 질렀다.

"야! 주걱턱! 어서 나와라!"

그 소리에 사방에서 주걱턱 침팬지들이 모습을 드러냈다.

그리고는 근처에 있던 녀석들부터 달려들기 시작했다.

그때 인벤토리에서 사마귀 청검을 꺼냈다.

그리고 검을 이용해 가장 먼저 달려드는 녀석부터 꿰뚫기 시작했다.

푸슉. 푸슉. 푸슉.

"꽤에엑!"

"까악!"

검이 빠르게 움직이며 몸통이나 머리를 꿰뚫어 버리자 비명을 지르며 사방에서 쓰러지기 시작했다.

그동안 이 짓도 제법 오래 한 탓에 꽤나 능숙해져 있었던지라 움직임이 날카롭고 정확했다.

주변에서 마구잡이로 원숭이들이 쓰러지자 다른 녀석들은 달려들기를 주저하고 있었다.

그때 관심을 가지고 있던 둥지 쪽에서 커다란 포효가 울리더니 전신이 푸른 털로 뒤덮혀 있는 주걱턱 침팬지가 모습을 드러냈다.

그 모습을 유정상이 올려다보며 피식 웃어 보이자 녀석이

가슴팍을 몇 번 두들기더니 빠르게 나무를 타고 달려 내려오기 시작했다.

그리고 곧바로 바닥에 뛰어내리더니 유정상을 향해 살기를 띠며 노려보았다.

[이름: 두목 주걱턱 침팬지]

[레벨: 12]

[공격력: 330]

[방어력: 320]

[생명력: 2200/2200]

[힘: 125]

[민첩: 37]

[체력: 155]

[지능: 9]

두목 송곳 원숭이랑 비슷한 수준이었다.

그러나 유정상의 능력은 그때와 다르다.

유정상이 주먹을 내질렀다.

퍼억!

"꽤액!"

불꽃의 조각이 추가되어 공격력이 상승한 상태다. 거기다 이미 전투 레벨도 성장해 버린 유정상이라 두목 침팬지 정도로는 어떻게 할 수 있는 수준이 아니었다.

굳이 전사의 영역 깃발도 필요 없었다.

퍽! 퍽!

압도적인 공격력에 두목 침팬지가 정신을 차리지 못했다.

제대로 저항할 기회를 주지 않고 무자비한 공격을 쏟아부었다.

곤죽이 되게 패주고 나자 온 전신이 타박상에 축 처진 두목 침팬지. 쓰러진 녀석을 일으켜 세우고는 가볍게 군주의 인장을 놈의 이마에 새겨 주었다.

[미션을 완료하셨습니다.]

[군주 포인트 10점이 추가됩니다.]

[현재 군주 포인트가 총 20점입니다.]

['몽키킹' 의 칭호가 주어집니다.]

"모, 몽키킹? 젠장 이딴 칭호는 필요 없다고!"

갑자기 손오공이 되어 버린 기분이었다.

"이, 이게 우리 집이라고요?"

유정상의 어머니 고설옥이 눈앞에 있는 커다란 2층 단독 주택을 보며 입을 떡하니 벌리고는 물었다.

그러자 금테 안경에 말쑥한 정장차림을 한 젊은 변호사 사내가 웃으며 대답했다.

"그렇습니다."

"대박! 대박!"

유정인도 경악하며 집을 둘러본다.

으리으리하다거나 대궐 같다는 표현을 쓸 정도는 아니어도 충분히 좋은 단독주택이었다. 마당엔 잔디와 적당히 보기 좋게 생긴 나무도 심어져 있는 정원도 딸려 있었다.

평소 어머니와 누나가 이런 집에 대한 환상을 가졌었기 때문에 그 놀람은 더 했다.

유정상은 그저 덤덤하게 서 있을 뿐이었지만 유정인과 어머니는 그저 멍한 모습으로 둘러볼 뿐이었다.

"이거 정말 받아도 되는 건가요?"

"그렇게 해주시길 바라고 계십니다."

"하지만, 우리는 그분에 대해 아는 게 전혀 없어요. 전에 일도 감사하다고 인사를 드려야 할 텐데. 아직 뵙지도 못했고, 이거 정말 괜찮은가요?"

여전히 걱정스럽다는 얼굴의 어머니를 보며 답답한 마음에 유정상이 결국 나서고 말았다.

"아, 정말. 엄마는. 공짜로 이렇게 좋은 걸 준다는데 받아야지 왜 안 받아?"

"이미 크게 신세를 진 입장이잖니."

"그래도 그냥 준다잖아."

"무턱대고 덥석 받는 것도 실례야."

역시 모르는 사람이 주는 거라 쉽게 받기가 어려운지 고심하는 눈치다.

"그래. 엄마. 아빠에게 정말 큰 은혜를 입은 사람이라잖아. 그러니까 우리 받자."

정인도 한손 거들자 그제야 어머니의 표정이 흔들린다.

"그렇습니다. 그동안의 신세를 갚는 입장에서 개인적인 사정으로 뵙고 인사를 드리지 못한단 사실에 죄송스러워하시니 그냥 받으시는 게 어떻겠습니까?"

변호사의 말에 그제야 마음을 정했는지 어머니가 입을 열었다.

"그렇게까지 말씀하시니 받을게요."

"잘 생각하셨습니다."

변호사가 그렇게 말하며 집과 관련된 서류를 가방에서 꺼내기 시작했다.

사실 정장의 변호사가 그들을 찾아온 건 아침이었다.

그는 아파트에 들어서자마자 변호사라고 소개하며 자신이 얼마 전 이 집의 빚을 갚아준 분의 대리인 자격으로 방문하게 되었다고 설명했다.

처음엔 어머니와 누나는 갑작스러운 상황에 어안이 벙벙해 하면서도 한편으로는 조금 의심스러운 눈빛으로 그를 대했다. 하지만 모든 정황을 다 확인해보고는 정말임을 알게 되었다.

그것이 확인되자 그는 가족들에게 보여줄 것이 있다며 이곳으로 가족을 안내해 온 것이다.

물론 변호사의 고용주는 당연히 유정상이었다.

그동안 유정상이 던전에서 사냥을 통해 번 돈이 어마어마하게 불었지만 막상 집을 위해 쓰려고 하니 출처에 대한 설명이 어려워 결국 변호사를 고용한 것이다.

미래에서 개인적으로 가깝게 지내던 변호사가 있었는데, 그를 수소문 끝에 찾아 개인 변호사로 고용했다.

조금 고지식한 면이 있기는 해도 믿을 만한 사람이라는 건 이미 알고 있었다.

아무튼 갑작스럽게 생긴 집에 행복해 하는 두 사람을 보며 유정상의 얼굴에 미소가 떠올랐다.

커서 마스터

Cursor Master

6. 몬스터 몰고 나간다

커서 마스터

Cursor Master

6. 몬스터 몰고 나간다

아직도 전국은 안전지대를 둘러싼 대립으로 혼란을 겪고 있었다.

특히나 갑자기 나타난 아이디 '블랙 로브'의 출현과 그의 분노, 그리고 안전지대의 소멸로 이어진 이 같은 사태에 대해 정부와 대형 길드들이 뭔가 대책을 내놓아 한다는 소리가 갈수록 높아져만 갔다.

인터넷 뉴스의 기사들도 덩달아 마구 쏟아졌다.

– 책임자 처벌 없는 대책에 국민들 반응 '싸늘'

– 사태 수습에 대한 책임지고 던전 관련 공무원들 줄줄이 사퇴. 그러나 여전히 냉담한 국민들.

– 대형 길드들, 중소길드나 소규모 각성자 팀에 대한

지원금 '5천억 원' 내놓겠다.

– 정부 '앞으론 이런 일에 개입 안 해.' 길드 연합 책임회피 맹비난.

그런데 그런 혼란 정국에 다시 '블랙 로브'가 게시판에 나타났다.

『8급 이하의 각성자들에게 던전 입장료 20% 인하해 주세요. 그리고 안전지대에 대한 대형 길드의 독점은 허용 못합니다. 이것을 지킨다는 확답이 있으면 안전지대를 다시 원상복구해 놓겠습니다. 그리고 상황이 좋으면 안전지대를 추가로 증설하는 것도 고려해 보겠습니다.』

이 글에 올라오자 다시 조회수가 폭발했다.

과연 이 글이 '블랙 로브'가 맞는지에서부터 시작한 논란은 추가 안전지대에 대한 기대감과 더불어 급기야 정부에게 빨리 입장을 발표하라는 압력으로 이어져 정부도 부랴부랴 공식입장을 포명했다.

일단 블랙 로브의 진의 여부를 떠나 그 조건 모두를 수용하겠다는 입장에 더해 앞으로는 정부가 일반 각성자에 대한 지원책도 확대하겠다는 내용이었다.

덕분에 방송사들도 발 빠르게 기사를 쏟아 내었다.

– 앗 뜨거. '블랙 로브'의 글에 정부가 서둘러 대응.

– '블랙 로브' 정부 대응보고 추가 '안전지대' 만들지 고민.

– 정부. 민간, 각성자 협회에 의한 전 방위적 압박.

– 던전 인근 지역 주민들 '우리도 안전지대 필요하다.'
농성.

이렇게 전국은 다시 블랙 로브의 이야기로 뜨거워지고
있었다.

❖ ❖ ❖

경주의 계림에 생성된 4성급 '금시조 22호' 던전.

이름 그대로 금시조 길드의 22번째 클리어 던전이다.

4성급 던전이면서도 무난하다는 평가를 받는 곳으로 대
체적으로 중견급 길드들이 많이 도전하는 곳이었다.

하지만 유정상이 굳이 이곳을 찾은 이유는 따로 있었다.

최근 그는 군주 포인트를 얻기 위해 이런저런 던전들을
돌아다니고 있었다.

제법 강하다 싶은 놈을 찾으면 깃발부터 꼽고 맞장 떠서
는 머리에 인장을 박았지만 어찌된 영문인지 군주 포인트
는 오르지도 않았고, 인장도 제대로 새겨지지 않았다.

결국 군주 포인트는 군집 생활을 하는 몬스터의 우두머
리를 잡을 때만이 생성된다는 사실을 알게 된 것이다.

그래서 전국에 던전들을 조사하며 무리 생활을 하는 몬
스터가 많은 곳을 찾은 곳 중 하나가 이곳이었다.

유정상이 4성급 던전 입장료 200만 원을 결제하고 던전
에 들어섰다.

참고로 이야기하자면 5성급의 입장료는 300만 원으로 여기까지는 일반 헌터에게 공개되었지만 6성급부터는 철저히 국가의 통제를 받게 된다.

쉽게 말하면 6성급부터는 돈이 있다고 들어갈 수 있는 곳이 아니라는 뜻이다.

국가로부터 자격을 따로 부여받아야 한다는 뜻인데 보통은 이것도 잘 지켜지지 않는다.

어느 정도 규모가 있는 길드라면 공격대 구성만으로 6성급 이상의 던전에 들어갈 수 있기 때문이다.

물론 입구에서 판단하기에 너무 부족하다 싶으면 저지를 한다고는 하지만 그것도 서류상 원칙일 뿐, 보통 6성급 이상이면 일반적인 각성자들이 도전할만한 곳이 아니기 때문에 현장 공무원이 마음대로 판단할 수 있는 문제는 아니었다.

유정상이 던전 안에 들어서자 펼쳐지는 거대한 산악과 삼림들.

마치 유명한 외국의 절경 사진 속에서나 보았을 법 한 멋진 풍경이 보이자 자신도 모르게 감탄사가 흘러나왔다.

"아……!"

마치 북미 쪽 숲을 연상시키는 거대한 나무들이 울창하게 펼쳐져 있다.

숲 가운데를 가로지르는 호수가 보이고 그 호수의 건너편에는 늑대 무리들이 자유롭게 이동하고 있다.

마치 던전이 아니라 과거 대규모 개척이 시작되기 이전에 오랫동안 자연의 신비를 지켜 온 아메리카 대륙의 숲을 보고 있는 듯하다.

유정상이 숲에 들어선 채로 거대한 나무 사이를 두리번거리며 걷는데 그때 바닥을 뚫고 올라온 백정이 꼬리를 흔들며 인사를 했다.

"삐이이이!"

"어. 너도 별일 없지?"

"삐이이."

백정의 대답에 유정상이 웃고는 주변을 두리번거린다.

백정도 새로운 환경이 신기한지 유정상을 따라 두리번거렸다.

그렇게 걷고 있는데 강가에 커다란 외뿔곰 한 마리가 먹이를 잡고 있는 모습이 눈에 들어왔다.

그런데 강물 속에 뭔가 커다란 물고기의 그림자가 어른거리나 싶었는데 삽시간에 물 위로 튀어나오더니 외뿔곰을 덥석 물고는 강 속으로 끌고 들어가 버린다.

"크워어어!"

외뿔곰이 버둥거리며 반항해 보았지만 부질없는 몸부림이었다.

그런데 놀랍게도 물속에서 튀어나온 몬스터는 거대 식인 연어였다.

외뿔곰의 크기가 불곰보다 두 배 이상 크다는 걸 생각하면

물속에서 튀어나온 놈이 얼마나 거대할지 알 만했다.

던전 밖이라면 곰이 연어를 사냥하는 게 상식이지만 던전에서는 이렇게 상식을 뒤집는 일이 종종 발생했다.

아무튼 신기한 광경을 구경하고는 곧바로 커서의 방향을 살피며 이동을 시작했다.

그때.

숲 속에서 커다란 거대 물소 한 마리에게 떼로 달려드는 무리가 보였다.

귀신늑대.

검은색의 털에다 눈동자가 회백색이라 지어진 이름이었다.

'찾았다.'

유정상이 찾던 몬스터였다.

놈들의 레벨은 대략 12정도. 그런 놈들이 다섯 마리다.

이제까지 한 마리씩 상대하던 놈들에 비해서도 레벨이 높은 몬스터가 한 마리도 아닌 다섯 마리 이상씩 무리 지어 움직인다.

그런데 상대하는 거대 물소의 전투력이 만만치 않은 탓에 다섯 마리가 덤벼들고 있었지만 제대로 데미지를 주지 못하고 있었다.

그런데 잠시 후 귀신늑대의 두목으로 보이는 거대한 늑대 한 마리가 나타났다.

전신에 붉은 줄무늬가 몇 개 새겨진 놈으로 크기는 다른 놈들에 비해 반 배 정도 더 크다.

그 놈이 나타나자 다른 귀신늑대들이 뒤로 물러난다.

그 때문에 거대 물소가 몸을 돌려 귀신늑대의 두목 쪽으로 몸을 돌린다.

그리고 콧김을 뿜더니 빠르게 달려들었다.

두두두두.

"크아앙!"

콱!

"음머!"

가볍게 거대 물소의 뿔 공격을 피해 내고는 곧바로 달려들어 목을 물어뜯어 버리자, 거대 물소가 비명을 지르며 바닥에 쓰러져 버렸다.

쿠웅.

압도적인 공격력으로 삽시간에 커다란 거대 물소를 쓰러뜨렸다. 그리고는 물소의 고기를 뜯기 시작했다.

그리고 얼마동안 고기를 뜯던 녀석이 머리를 쳐들고 물러서자 이제까지 기다리고 있던 다른 귀신늑대들이 거대 물소의 사체 쪽으로 모여들었다.

그런데 우두머리의 시선이 유정상을 향한다.

유정상의 시선을 느낀 것이다.

그리고 유정상과 커다란 귀신늑대의 눈이 마주쳤다.

은신 스킬을 썼더라면 유정상의 존재를 파악하지 못했을 테지만 굳이 그러지는 않았다.

커서를 녀석에게 가져갔다.

[이름: 두목 귀신늑대]

[레벨: 14]

[공격력: 430]

[방어력: 410]

[생명력: 2800/2800]

[힘: 155]

[민첩: 42]

[체력: 205]

[지능: 9]

레벨이 무려 14다.

"역시 대장은 대장이라는 건가?"

유정상이 녀석의 상태창을 확인하며 피식 웃었다.

그런데 그때 귀신늑대들이 움직였다.

그리고 유정상을 향해 달려오자 유정상이 군주의 스킬을
사용했다.

[군주의 스킬을 사용합니다.]

[현재 군주 포인트는 20입니다.]

[포인트를 모두 사용하시겠습니까?]

"그래."

그러자 포인트가 0이 되더니 유정상의 주위에 스무 마리의 원숭이들이 소환되었다.

이미 20포인트의 분배 조건은 미리 설정해 둔 상황이었다.

소형 몬스터의 경우 1포인트 당 1마리.

원숭이는 소형으로 분류되어 총 스무 마리를 소환할 수가 있다.

그래서 반반치킨처럼 10마리씩 소환설정을 해두었다.

[소환 가능시간은 현재의 능력으로 50분입니다.]

[능력이 오르면 소환 가능 시간이 늘어납니다.]

[소환 시간이 끝나면 소멸 후 24시간 후 다시 포인트가 재생됩니다.]

포인트는 마나처럼 다시 충전이 되는 방식이었는데 하루가 지나야만 원래의 포인트를 회복하는 특징이 있었다.

"카카카카!"

"워워워워!"

"크아아아앙!"

열 마리의 송곳 원숭이와 열 마리의 주걱턱 침팬지가 다섯 마리의 귀신늑대들과 엉켜 싸우기 시작했다.

그런데 원숭이들 무리에 백정이 끼어있었다.

원숭이가 수적으로는 앞서지만, 레벨에서 제법 밀리는 상태라 그곳을 지원한 것이다.

어린 녀석이 영특했다.

아무튼 그 사이를 뚫고 유정상이 두목 귀신늑대를 향해 달려들었다.

그리고 놈이 사정거리에 들어오자 펀치를 날렸다.

퍼엉!

그런데 녀석의 검은 몸이 땅 속으로 스며들 듯 사라져 버렸다.

그리고 바닥에서 느껴지는 괴이한 기운.

빠르게 이동의 팔찌를 이용해 나무 위로 몸을 날렸다.

팟.

그때 유정상이 있던 바닥에서 불쑥 솟아오른 두목귀신늑대가 아가리를 벌리며 콱 물었다.

그러더니 유정상이 나무 위로 줄을 타고 올라가는 모습을 보고는 곧이어 나무를 물어뜯는다.

콰콰콰콰.

놈이 이빨을 부지런히 움직여 나무를 뭉텅뭉텅 뜯어내버린다.

한아름이던 나무가 금세 놈의 이빨로 쓰러져 버렸다.

쿠우우우웅.

유정상이 몸을 날려 다른 나무로 이동해 가자 그것마저 넘어뜨린다.

"저놈 전생은 나무꾼이었나?"

황당해 하며 나무를 넘어 이동해 가니 놈도 더 이상은 안 되겠던지 유정상이 있는 곳 아래에서 올려다보며 이빨을 으드득거린다.

"크르르르르르."

"알았다. 알았어. 어차피 넌 정면승부로 쓰러뜨릴 생각 이었으니까."

그렇게 말하며 유정상이 바닥으로 뛰어내렸다.

놈이 그런 유정상에게 갑자기 덮쳤다.

몬스터에게 기사도 정신을 바랄 수는 없는 일이니 당연 한 일이었다.

아무튼 그 순간 질풍 늘보의 문신이 발동하며 놈의 움직 임이 느려졌다.

그리고 유정상이 주먹에 에너지를 집중해 놈의 공격을 가볍게 피해 내며 턱에 펀치를 한 방 날렸다.

퍼어억!

"캐겡!"

두목 귀신늑대의 머리가 뒤로 확 젖혀지며 몸이 살짝 떠올 랐다.

콱.

놈의 몸통을 커서로 붙잡아 고정시키고 주먹을 놈의 배 에다 연속으로 꽂아 버렸다.

퍽퍽퍽퍽퍽.

"캐캐캐캐캥!"

거대한 놈의 몸이 유정상의 주먹에 대한 충격을 제대로 견디지 못하고 실신이라도 했는지 이리저리 휘적휘적 거린다.

그렇게 수십여 대의 주먹을 더 날리고 나서 커서를 이용해 바닥에 떨어뜨렸다.

쿵.

놈이 고통에 신음하며 바닥에 쓰러졌다.

주변을 돌아보며 상황을 대충 살펴보니 남은 원숭이는 12마리정도.

그 와중에 송곳 원숭이 한 마리가 귀신늑대에게 목을 물려 연기처럼 흩어지고 있었다.

남은 원숭이는 이제 11마리.

그러나 귀신늑대들도 이제 두 마리 밖에 남지 않은 상황.

백정의 땅속 습격에 나름 도움을 받았던 탓에 무난하게 제압하고 있는 분위기였다.

그것을 확인하고는 다시 두목 귀신늑대에게 시선을 돌려 놈의 몸통을 커서로 번쩍 들어올렸다.

거대한 덩치에 맞지 않게 가볍게 들린 놈이 몸을 아래로 축 늘어뜨리고 있다.

유정상은 보조 커서로 인벤토리를 열어 놈의 이마에 군주의 인장을 새겼다.

치이이.

"크아아앙!"

놈의 이마에서 연기가 피어오르자 고통스러워했다.

그리고 곧 다시 축 늘어지는 두목 귀신늑대.

[미션을 완료하셨습니다.]

[군주 포인트 25점이 추가됩니다.]

[현재 군주 포인트가 총 45점입니다.]

['늑대 안내자' 의 칭호가 주어집니다.]

과연 레벨이 높은 녀석이라 그런지 대번에 군주 포인트가 25점이나 추가되었다.

[송곳 원숭이들의 전투 경험치가 올랐습니다.]

[주걱턱 침팬지들의 전투 경험치가 올랐습니다.]

과연 포인트 아낀다고 녀석들을 고이 모셔두는 게 능사가 아님을 알게 되었다.

❖ ❖ ❖

정부의 발표 이후 잠잠하던 블랙 로브가 나타나 결국 게시판에 답을 내놓았다.

『처음 있던 장소에 안전지대를 원래대로 돌려 놨습니다. 하지만 특정 집단이 권리행세를 하는 일이 또다시 발생한다면 더이상 합의란 없습니다. 어쨌든 잘 사용하시기 바랍니다.』

그 사실이 언론에 의해 발표되자 '죽음의 사자' 던전의 인근 주민들이 환호를 질렀다.

그리고 더불어 정부 청사 앞에서 이 문제로 농성 중이던 수많은 사람들도 소리를 지르며 기뻐했다.

정부 대변인은 즉각 기자회견을 통해 이번 일을 계기로 다시는 특정 단체에 특혜를 주는 일은 절대로 없을 거라고 발표했다.

인터넷에서는 이번 일이 잘 마무리되었다는 분위기였지만 특정 집단의 이기적 욕심이 과연 이번 일을 계기로 단절이 될 것인가에 대한 의문을 표하기도 했다.

어찌되었건 상황은 이렇게 일단락되었다.

✤ ❈ ✤

"쿠어어어어어!"

검은 털의 거대한 인간형 몬스터가 쓰러졌다.

가쁜 숨을 몰아쉬던 유정상이 몬스터의 머리를 커서로 들어 올려 곧바로 보조 커서를 이용해 이마에 군주의 인장을 새겼다.

치이이이이.

"쿠어어!"

이마에서 연기가 피어올랐고 고통에 몬스터가 비명을 질렀다.

[군주의 인장이 새겨졌습니다.]

입에 단내가 날 정도로 열심히 던전을 돌아다닌 덕분에 어느새 군주 포인트도 128점이 되었다.

4성급 던전들을 돌며 원숭이 과의 최강이라는 돌고릴라의 우두머리에게까지 군주의 인장을 찍으며 '진정한 몽키킹'이라는 칭호까지 얻었다.

"이딴 칭호는 필요 없다니까!"

어쨌든 유정상도 레벨이 14가 되었다.

거기다 보유 골드도 어느새 10만 골드를 훌쩍 넘겼다.

던전을 빠져 나가자마자 아이템상점으로 이동했다.

에메랄드 마나석이 5만 골드였다는 사실을 떠올리고는 그것에 대해 물어보니 제나가 설명해주었다.

[에메랄드 마나석을 흡수하면 20레벨 까지는 단번에 올릴 수 있어요. 하지만 별로 추천하고 싶지는 않아요.]

생각하지 못한 제나의 말에 궁금증이 생겼다.

"왜지?"

[마나석을 흡수하면 단번에 레벨이 오른 대신 어느 정도 오르고 나면 정체 현상이 일어나죠. 가령 각성자님의 경우 단번에 20레벨에 오른 뒤 25레벨 정도에서 정체 현상이 일어난다고 가정하면 그 기간이 1년이 될 수도 있고 10년, 혹은 그 이상이 될 수도 있으니까요.]

이런 건 전혀 예상하지 못했었다.

어쩌면 유정상에게는 마나석이라는 게 미지의 영역이었으니 당연한 일이었다.

"결국 빠른 성장에 대한 반작용 같은 건가?"

[네. 맞아요.]

어떻게 생각하면 사람에 따라 다른 결론이 날 수 있는 이야기였다. 레벨 혹은 등급에 야망이 없다면 상관없기는 했지만, 만약 최고가 되고자 한다면 조금 갈등이 될 만한 이야기였다.

"그 위의 등급 마나석의 경우도 같은 건가?"

[네. 그러나 그 위 등급부터는 정제와 흡수기간이 길고 더욱 까다롭죠. 몸에 완전히 흡수되고 자리를 잡는 기간 동안 몸을 격하게 사용하면 폐인이 될 수도 있고요.]

"역시 세상에 공짜는 없다는 거군."

[뭐, 그렇다고도 할 수 있죠.]

"그럼 루비 마나석의 경우엔 얼마지?"

[아쉽지만, 에메랄드 위 등급의 마나석은 여기에서도 팔지 않아요. 워낙 귀한 보석이라.]

어쩌니저쩌니 해도 결국은 없으니까 다 쓸데없는 망상일 뿐이다.

하긴 그 위 등급부터야 솔직히 좀 더디다고 하더라도 상관이 없는 게 아닌가 싶은 생각도 들어서 조금 아쉬운 생각도 들었다.

입맛을 다신 유정상이 입을 열었다.

"그럼 불꽃의 조각S 라는 걸 줘. 10만 골드랬나? 설마 또 가격이 오르거나 한 건 아니겠지?"

[네. 이번엔 변동이 없었어요.]

그런데 한 아이템이 같은 종류를 두 개 장착할 수 없다는 이야기에 하는 수없이 불꽃의 조각은 되팔아야 했다. 그런데 문제는 가격이었다.

"1만 골드?"

[네. 매입 가격입니다.]

"사용한지 한 달밖에 안됐는데?"

[중고는 중고니까요.]

"한 달이라니까."

[기간은 중요하지 않아요.]

"한 달……."

[중고.]

그 말에 유정상이 다시 폭발해 버렸다.

"젠장! 도둑이냐!"

[꺄악!]

순식간에 날아간 4만 골드에 속이 쓰려 결국 이틀을 뜬 눈으로 보내고 말았다.

"아이고, 4억 원!"

❖ ❖ ❖

새로운 4성급 던전에 들어서는 유정상의 얼굴은 핼쑥해져 있었다.

그것 때문에 아침부터 유정상의 어머니도 걱정을 많이 했었다.

"일이 너무 고된 거 아니니?"

"좀 바빴거든."

"그래. 마사지라는 게 기력소모도 심하단 얘기를 들었어. 거기다 넌 그쪽 능력자라며. 효과가 그 정도로 좋으니 몸이 부실해지는 것도 어쩌면 당연하지."

"괜찮아. 이 정도는"

어색하게 웃으며 집을 나섰지만 역시 속이 쓰렸다.

그만큼 4만 골드의 여파는 컸다.

이번 던전의 이름은 'D프레임16호'.

들어가자마자 전사의 로브를 뒤집어쓰고 상태창을 확인했다.

[이름: 유정상]

[직업: 커서마스터]

[칭호: 진정한 몽키킹, 늑대 안내자.]

[레벨: 14]

[공격력: 120+180(이네크의 반지)+150(불꽃의 조각S)]

[방어력: 90+360(전사의 로브)]

[생명력: 420/420]

[힘: 38]

[민첩: 41]

[체력: 60]

[지능: 11]

'불꽃의 조각S'의 효과로 공격력에 150이 추가되어 있다. 확실히 공격력은 발군이라는 건 금방 알 수 있었다.

콰아앙!

불길과 함께 전기 스파크가 튀는 효과까지 그냥 보기에도 심상치 않은 느낌이라 했더니 과연 4성급 몬스터는 이제 유정상의 주먹을 제대로 감당하지도 못했다.

"크에엑! 취익!"

붉은 오크전사를 한 방에 쓰러뜨리는 괴력.

그동안 군주의 인장으로 보유한 몬스터들도 모조리 소환했다. 그리고 그렇게 소환된 100여 마리로 오크 부족을 습격했다.

붉은 오크전사 자체의 레벨은 12에 불과(?)하지만 숫자가 많다 보니 싸움이 쉽지 않을 것으로 판단돼 습격을 진행할 수밖에 없었다. 특히나 놈들이 방심할 수밖에 없는 식사 시간을 노렸다.

20마리의 귀신늑대와 10마리의 돌고릴라, 그리고 나머지 40마리 정도의 원숭이들을 앞세워 덮쳤다. 그러자 예상하지 못한 습격에 당황한 놈들이 우왕좌왕했다.

그렇게 부족 전체를 혼란에 빠뜨리고 유정상은 유유히 놈들의 족장을 찾았다.

그런데 놈은 마치 기다렸다는 자신의 보금자리에서 무덤덤하게 모습을 드러냈다. 머리에 큰 이빨 호랑이의 머리뼈를 모자처럼 쓰고 얼굴엔 붉은 색을 덕지덕지 칠한 모습이 마치 원시 부족의 인간 모습과 흡사했다.

확실히 다른 녀석들과는 달리 머리가 좀 돌아가는 놈 같아 보였다.

유정상은 붉은 오크전사의 족장을 만나자마자 바닥에 깃발을 꽂아 둘만의 영역을 만들어 싸움을 준비했다.

족장의 레벨은 16.

[이름: 붉은 오크전사 족장(전투 변형타입, 보스몬스터)]

[레벨: 16]

[공격력: 480]

[방어력: 450]

[생명력: 3100/3100]

[힘: 160]

[민첩: 43]

[체력: 225]

[지능: 10]

역시나 일반 몬스터에 비해 높은 지능.

보통의 인간에 가까운 지능을 보니 역시 일반적인 몬스터로 보이지는 않았다.

레벨은 16.

유정상보다 2레벨이 높기는 하지만 그런 레벨 차이는 의미가 없었다.

아이템 보정에다 무엇보다 궁극의 사기 스킬인 커서가 있으니 당연한 일이었다.

그 덕분에 지금까지 이만큼 성장하지 않았던가?

'그런데 전투 변형타입이라니.'

직접 상대한 경험은 없지만 몇 번 들어본 적은 있다.

자신을 전투에 맞게 변형시켜 싸운다는 건데 이런 녀석들은 희귀했기에 좀처럼 만날 일이 없어 그동안 잊고 있었다.

붉은 오크전사의 족장이 몸을 부르르 떨자 놈의 근육이 순식간에 부풀어 올랐다.

그리고 이마의 중앙에 커다란 뿔이 생겨났다.

이 모든 일이 삽시간에 벌어지자 유정상은 크게 놀라고 말았다. 어떻게 손써 볼 틈도 주지 않았기 때문이다.

그리고 그와 동시에 놈의 레벨이 조정되기 시작했다.

레벨이 18이 되었다.

16까지는 어떻게든 이길 수 있을 거라는 생각에 여유가 있었지만, 18이라면 이야기가 조금 다르다.

[이름: 붉은 오크전사 족장(전투 완전체, 보스몬스터)]

[레벨: 16+2]

[공격력: 480+20]

[방어력: 450+25]

[생명력: 3100+50/3100+50]

[힘: 160+10]

[민첩: 43+2]

[체력: 225+15]

[지능: 10]

모든 수치가 단번에 크게 상승했다.

그런데 변신을 하자마자 주저하지 않고 놈이 빠르게 달려들었다.

콰아앙!

커서로 갑작스런 놈의 주먹공격을 막았지만 커서와 함께 유정상이 뒤로 날아가다 전사의 영역 벽에 부딪쳤다.

"크악!"

일단 전사의 영역이 만들어지면 누군가 무릎을 꿇거나 죽기 전엔 밖으로 나갈 수가 없다.

"쿨럭. 쿨럭."

어찌나 강한 충격을 받았던지 피가 한 움큼씩 입에서 쏟아져 나왔다.

"이거. 전사의 로브가 아니었으면 진작 장 파열로 죽었겠군."

쓴웃음이 나오는 유정상이었다.

방심한 결과가 적지 않았기 때문이다.

그렇다고 해서 당하고만 있을 수는 없는 일. 사마귀 청검을 꺼내 놈의 시선을 분산시키며 빠르게 접근했다.

하지만, 놈은 사마귀 청검의 공격을 주먹으로 걷어 내는 동시에 자신의 거대한 주먹으로 접근하는 유정상을 공격했다.

'씨발, 이놈 오크 주제에 근접 박투의 고수다!'

유정상은 질풍 늘보의 문신을 발동시키며 놈의 주먹을 피해 냈다.

하지만 주먹의 주위에 흐르는 강력한 파장이 유정상의 정신을 흔들었다.

"큭!"

놈의 주먹에 흐르는 기운 때문에 스치는 것만으로도 머릿속이 진탕되는 기분이었다.

그럼에도 불구하고 유정상은 정신을 추스르며 몸 안으로 파고드는 것에 성공했고, 놈의 옆구리에 주먹을 날릴 수 있었다.

퍼엉!

불꽃의 조각S의 힘이 더해진 강력한 주먹이 놈의 옆구리에 박히자 강렬한 불길과 스파크가 일었다.

거기다 발경의 힘까지 고스란히 전달되자 놈의 몸이 옆으로 꺾이며 그 힘에 나동그라졌다.

"크아아아!"

놈이 비명을 지르며 바닥을 굴렀지만 곧바로 벌떡 일어섰다.

주먹 대 주먹의 대결.

놈이 입속에서 흘러나오는 피를 뱉으며 다시 유정상에게 달려들었다.

하지만 이런 대결에선 한 번의 승기면 충분하다.

미세하게 밸런스가 무너진 오크족장의 움직임.

그동안의 경험으로 녀석의 척추에 이상이 생겼음을 대번에 알아차렸다.

그리고 녀석의 거친 공격을 피해 내며 몸 오른쪽으로 파고들었다. 그와 동시에 유정상의 강력한 펀치 세례가 이어졌다.

퍽퍽퍽퍽퍽퍽.

"퀵! 쿠억! 칵! 켁!"

유정상의 주먹이 놈의 복부와 옆구리에 꽂히자 각양각색의 소리를 질러댄다.

곧바로 놈의 턱에 어퍼컷을 날렸다.

뻐억!

놈의 머리가 사정없이 뒤로 젖혀졌다.

그리고 오크족장의 다리가 풀리자 다시 머리가 아래로 향하는 순간, 유정상의 주먹에 집중하며 빠르게 놈의 오른쪽 턱을 후려쳤다.

뻐어억!

턱이 빠지는 듯한 소리가 들리고 입에서 피를 잔뜩 뿜어내던 녀석의 몸이 그 펀치의 충격에 한쪽으로 날아갔고 급기야 부들부들 떨더니 그대로 움직임을 멈추었다.

사마귀 청검을 인벤토리에 넣고 커서로 녀석의 머리를 잡고 들어올렸다.

놈이 실신한 채로 입에서 피를 흘리고 있는 모습이 눈에 들어왔다.

곧바로 군주의 인장을 녀석의 이마에 찍었다.

치이이이.

혼절한 상태라 고통이 없는지 이마에 인장이 새겨지는 순간에도 깨어나지 않았다.

그리고 잠시 후 전사의 영역이 사라지며 주변에 있던 붉은 오크들이 유정상을 향해 엎드렸다.

[군주의 인장이 새겨지며 붉은 오크족 일부의 충성을 받아냈습니다.]

[군주 포인트 50점이 추가됩니다.]

[현재 군주 포인트가 총 175점입니다.]

['붉은 오크 리더'와 '주먹왕'의 칭호가 주어집니다.]

[레벨이 올랐습니다.]

[이로서 15레벨이 됩니다.]

군주의 인장에 관한 미션은 이미 끝나 있는 상황이라 계속되는 포인트 노가다였지만 50점이나 추가되니 짜릿해졌다. 거기다 레벨 상승까지.

어느샌가 4만 골드가 날아간 일은 훌훌 털어내 버렸다.

그렇게 만족한 얼굴로 주변을 살펴보았다.

오크전사 족장과 싸우는 동안 주변의 상황이 궁금했던 탓이다.

그런데 땅속에서 나온 백정을 빼면 살아 있는 녀석은 귀신늑대 세 마리와 돌고릴라 두 마리가 전부였다.

"피해가 크네."

사실 처음부터 승산이 있는 싸움이 아니었으니 당연한 결과였다.

하지만 경험치는 늘었을 것이고, 하루가 지나면 소환이 가능하니 문제될 것은 없었다.

거기다 백정도 최근 많은 전투로 인해 경험이 쌓여 노련해졌으니 그것만으로도 소득은 충분했다.

〈3권에 계속〉